DE SCHOOL IS EEN APENKOOI

Graham McNamee

De school is een apenkooi

VERTALING
Margot van Hummel

facet

Antwerpen
2005

CIP GEGEVENS KONINKLIJKE BIBLIOTHEEK - DEN HAAG
C.I.P. KONINKLIJKE BIBLIOTHEEK ALBERT I

McNamee, Graham

De school is een apenkooi / Graham McNamee [vertaald uit het Engels
door Margot van Hummel] – Antwerpen: Facet, 2005
Oorspronkelijke titel: Sparks
Oorspronkelijke uitgave: Wendy Lamb Books, an imprint of Random House
Children's Books, a division of Random House, Inc.
ISBN 90 5016 453 6
Trefw.: Leermoeilijkheden, vooroordelen, vriendschap, school
NUR 282

Wettelijk depot D/2005/4587/7
Omslagontwerp: Tony Ross
Copyright © 2002 by Graham McNamee
Copyright © Nederlandse vertaling: Facet nv
Published by arrangement with Random House Children's Books, a division of
Random House, Inc., New York, New York, U.S.A.

Eerste druk maart 2005

1

Gisteren is mijn muis doodgegaan. Hij was wit en had roze oogjes en hij heeft wel eens een hele druif in één keer opgegeten. Ik weet nog dat ik dacht hoe verschrikkelijk moeilijk het voor hem was om die druif helemaal op te eten – ik bedoel, zij was half zo groot als zijn kop. Hij heeft er tien minuten over gedaan. Toen ging hij zich nog tien minuten wassen. Daarna ging hij slapen. Ik vond het leuk om naar hem te kijken, ook als zijn kooi stonk. Hij heette Psycho, net als een film die ik van mijn ouders niet mag zien.

Vanochtend aan het ontbijt vertel ik mijn ma het verhaal van de druif.

'Het is hetzelfde als dat ik een hele watermeloen zou opeten,' zeg ik.

Mijn zus, Christie, schiet van de andere kant van de tafel een *Froot Loop* naar me. Hij komt precies op mijn voorhoofd terecht en ik moet ervan met mijn ogen knipperen. Ze kan goed mikken.

'Ik zou er heel wat voor overhebben om dat te zien,' zegt Christie.

Ze kan me zo verschrikkelijk irriteren. Ze heeft een keer een appelpitje zo ver in mijn oor geduwd dat ik naar de eerstehulppost moest. Elke keer dat ze bij me in de buurt komt, knipper ik met mijn ogen alsof ze me gaat slaan, wat ze af en toe ook doet.

Maar ze heeft me wel een van haar juwelendoosjes gegeven om Psycho in te begraven. Er zat een blauwe, fluwelen voering in. Hij ligt begraven in de achtertuin, onder de boom, omdat daar schaduw is.

Ik kijk naar mijn ontbijtgranen. De *Froot Loop* was midden in mijn *Frosted Flakes* beland. Het was maar een zielig gezicht, een rondje helemaal alleen midden tussen al die vlokken.

'Eet door, meloenkop,' zegt Christie tegen me.

'Op een dag ga ik een hele meloen opeten. Dan zul je spijt hebben,' zeg ik. Maar al voordat ik ben uitgesproken, hoor ik hoe stom het klinkt. In mijn hoofd klonk het een stuk beter, als iets dat de president had kunnen zeggen.

Ze schudt haar hoofd. 'Hou die vingers nou maar in je neus gepropt, anders lekken je hersenen er nog uit.'

Christie is een genie. Ze heeft altijd haar woordje klaar.

Gisteravond vertelde pap me dat muizen maar een paar jaar leven. Ik had Psycho ruim een jaar geleden gekregen toen ik negen werd. Als ik toen had geweten dat hij zou doodgaan, had ik hem een extra krentje bij zijn ontbijt gegeven.

Het was gisteravond vreemd om te proberen in slaap te vallen zonder het gepiep van het draaiende rad van Psycho. Hij heeft waarschijnlijk wel duizend keer in die kooi rondgerend. Ik bleef wakker en dacht dat ik zijn rad hoorde.

Maar ik zal wel hebben gedroomd.

Terwijl ik daar allemaal aan zit te denken, zijn mijn ontbijtgranen helemaal in de melk verdwenen. Het is nu veel te klef geworden om nog op te eten. Alleen de *Loop* drijft nog bovenop.

Ma neemt mijn kom weg.

'Aftellen,' zegt ze. 'Nog vijf minuten te gaan.'

Elke ochtend tellen we af voor de schoolbus. Op tv wordt er afgeteld voor de spaceshuttle, of voor een bom die af moet gaan.

Maar als ik van huis wegga, staat er nooit een spaceshuttle aan de stoeprand, alleen een bus die wacht tot ik instap voordat hij afgaat.

2

Thuis scheldt alleen Christie me uit. Op school lossen ze elkaar af. Meneer De Achterlijke noemen ze mij. Of Hersendode. Ze hebben elke keer weer iets nieuws.

Mijn echte naam is Todd, maar de enigen die dat lijken te weten zijn mijn leerkracht, meneer Blaylock, en Eva, die altijd mijn beste vriendin is geweest.

De laatste tijd noemen ze me Gump. Zoals die kerel uit de film *Forrest Gump*. Hij was niet al te slim en hij zag eruit alsof hij een bloempot op zijn hoofd had toen zijn haar werd geknipt: de onderste helft kaalgeschoren en de bovenste helft rechtovereind. Ze noemen me zo omdat mijn vader mijn haar altijd laat millimeteren. Elke maand word ik bijna helemaal kaalgeknipt alsof ik in het leger zit of zo. Hij laat hetzelfde doen en volgens hem is het een kapsel om u tegen te zeggen. Ik weet niet wat dat wil zeggen. Het enige wat ik weet, is dat als we ooit een keer uit elkaar worden gehaald, iedereen weet dat we bij elkaar horen vanwege ons haar.

De andere reden dat ze me Gump noemen, is omdat ik het grootste deel van het laatste jaar in de B-klas heb gezeten. De B-klas is voor kinderen die wat trager leren, net als ik. Het betekent niet dat ik een Hopeloos Geval ben of een Kwijlende Zot, zoals ze me ook wel noemen.

Maar dit jaar zit ik weer terug in A. Het is een 'proef' om te zien of ik de echte vijfde klas aankan. De grote competitie.

Hoe ik het doe?

Slecht. Heel slecht.

'Doe maar op je gemak, Todd,' zegt meneer Blaylock tegen me. 'Je hebt alle tijd van de wereld.'

Wat bedoelt hij? Dat als ik lang genoeg wacht het antwoord vanzelf komt? Dat heb ik geprobeerd. Maar er komt nooit iets. Ik vroeg mijn ma of ze me misschien per ongeluk op mijn hoofd heeft laten vallen toen ik klein was.

'Nee,' zei ze. 'Waarom zou ik dat doen?'

'Ik weet het niet. Misschien was u me in de lucht aan het gooien en moest u toen de telefoon aannemen.'

Ze keek me aan met zo'n blik van wat zeg je nu weer voor iets stoms.

Toen we vorige week onze werkstukken van natuurkunde moesten laten zien, was dat van mij het enige dat niet werkte. Meneer Blaylock had me een opdracht gegeven over elektriciteit. Dat was een slecht idee.

Ik volgde alle aanwijzingen uit het natuurkundeboek op. Maar toen ik klaar was, zag mijn werkstuk er heel anders uit dan de afbeelding uit het boek. Ik heb nog steeds geen idee waar ik fout ben gegaan.

Het rode lampje dat zou moeten aangaan, deed niets. Het knipperde niet eens. Zelfs niet even. Het was net alsof ik de elektriciteit de nek had omgedraaid. Het duurde een eeuwigheid om het uit te vinden en nu deed niets het meer omdat ik er met mijn handen aan had gezeten.

In de B-klas was natuurkunde een stuk makkelijker. Het enige wat we daar hoefden te doen, was verschillende zaadjes planten in bekertjes van piepschuim.

Terwijl ik door de gang naar de klas loop en aan het plantje denk dat ik vorig jaar heb laten groeien, zie ik Eva op me afkomen.

Ze zat vorig jaar naast me in de B-klas en ik hielp haar altijd met alles. Op de laatste schooldag gaf ze me de helft van de radijs die ze zelf had geplant. We hebben het uiteindelijk allebei uitgespuwd. Ik heb mijn tong verbrand. Maar het was hartstikke leuk.

'Todd,' zegt ze. 'Kijk eens wat ik hier heb!'

Eva steekt haar hand in haar jaszak en haalt er een grote prop papieren zakdoekjes uit.

'Wauw!' zeg ik. 'Papieren zakdoekjes.'

Ze slaat me op de schouder. 'Sufferd! Er zit iets in die zakdoekjes.'

Ze vouwt de prop open en steekt haar hand uit om me een stel schelpen te laten zien.

'Ben je naar het strand geweest?' vraag ik.

'Zondag. Volgens mijn vader is het een mooie nazomer, dus het was niet koud of zo. Ik heb je gebeld om te vragen of je wilde komen, maar je moeder zei dat je er niet was.'

Eerlijk gezegd was ik er wel. Toen Eva belde, lag ik gewoon op de bank een stripverhaal te lezen. Ik heb mijn ma moeten smeken om tegen Eva te zeggen dat ik niet thuis was. Maar mijn ma zei dat ze niet van plan was te liegen. Dus moest ik mijn schoenen aantrekken en voor de buitendeur gaan staan voordat ze Eva wilde vertellen dat ik er niet was. Toen ik weer binnenkwam, schudde mijn ma haar hoofd naar me.

Sinds de school weer begonnen is, hou ik me schuil voor Eva. We zijn de hele zomer samen geweest, maar nu zit ik weer in de gewone klas bij de normale kinderen. Ik probeer me intelligent te gedragen om niet meer meneer De Achterlijke te worden genoemd. Of Gump. Of Hersendode.

Gewoon Todd.

Eva kijkt naar haar voeten. 'Ik heb nog steeds zand in mijn schoenen zitten,' zegt ze.

Opeens trekt ze midden in de gang haar linkerschoen uit en schudt het halve strand uit haar gymschoen. Ik hoop maar dat er niemand kijkt.

'Trek je schoen terug aan. Iedereen zal denken dat je niet goed snik bent.' Ik schreeuw het bijna tegen haar en ze lijkt even geschokt als ze haar gymschoen weer aanschiet.

Ik kijk om me heen, maar er is niemand te zien.

Eva schopt tegen het zand dat ze net heeft uitgegoten, alsof ze het in de vloer wil wrijven.

'Wil je mijn schelpen zien?' vraagt ze en steekt de prop zakdoekjes naar me uit.

'Dat kan nu niet,' zeg ik. 'Ik moet naar de klas. Een andere keer.'

Dan loop ik weg door de gang. Als ik de klas binnenstap, kijk ik om en zie Eva staan waar ik haar had achtergelaten, alsof ze daar is vastgevroren.

3

Ik ga in mijn bank zitten en probeer – terwijl ik naar het lege schoolbord staar – niet aan Eva te denken. Maar ik krijg haar niet uit mijn gedachten.

Ik heb het gevoel alsof mijn ontbijtvlokken in mijn maag tot een steen zijn samengeklonterd. Een koude steen. Ik vind het vreselijk om zo tegen haar te schreeuwen, maar ze moet weten dat ik niet meer met haar kan worden gezien. De mensen zullen denken dat ik nog steeds een Hersendode ben.

Waarom moest ze me die stomme prop papieren zakdoekjes laten zien? Waarom moest ze al dat stomme zand op die stomme vloer kieperen? En waarom is ze zo aardig?

Meneer Blaylock loopt de klas binnen en verspert mijn uitzicht op het bord. Hij is een grote man. Niet groot in de zin van vet, maar groot groot. Hij heeft wat weg van de *Hulk*, maar dan met een pak aan. En hij heeft een bruine huid in plaats van een groene.

De eerste schoolweek verwachtte ik telkens dat hij me in een hoofdgreep zou nemen als hij bij mijn bank kwam staan om te zien hoe het ging. Toen hij me op een keer met een wiskundeprobleem hielp, was het of zijn schaduw alle licht in de klas tegenhield. Hij pakte mijn potlood en in zijn hand leek het net een tandenstoker. Alsof het potlood kromp door zijn aanraking.

'Je bent goed begonnen,' zei hij. Hij klonk niet als de Hulk, want die brulde alleen maar. 'Maar daar ging je de mist in.'

Ik ga altijd wel ergens de mist in.

Als meneer Blaylock weer aan zijn bureau zit, maakt hij zijn tas open.

'Hier hebben jullie je natuurkundeproefwerk terug. Er zijn twee dingen die we moeten ophelderen. Punt een: Venezuela is niet een van de negen planeten, maar het is een land in Zuid-Amerika. Punt twee: in 200 voor Christus zwierven er geen dinosaurussen over de aarde. Het was de tijd van het Romeinse Keizerrijk en ik kan me niet herinneren dat Caesar de strijd aanbond met een stelletje T-Rexen.'

Ik voel mijn gezicht rood worden. Dat was een van mijn antwoorden, dat van de dinosaurussen.

'Kom naar voren als je naam wordt genoemd.'

Meneer Blaylock geeft de proefwerken terug en maakt tegen elke leerling een opmerking als 'Je kunt beter' en 'Je maakt vorderingen'.

Als ik opsta, blijft het stil. Ik pak mijn proefwerk en ren terug naar mijn bank. Het barst van de rode strepen. Ik leg het ondersteboven op mijn bank, maar de rode strepen zijn door het papier heen te zien. Het is net of iemand een bloedneus erboven heeft gehad.

Als ik zeker weet dat er niemand kijkt, draai ik het proef-

werk om. Onderaan staat geschreven: KOM NA SCHOOL-
TIJD BIJ ME.

Achter mijn naam bovenaan staat een grote nul, alsof dat
de klas is waarin ik eigenlijk zou moeten zitten om daar
nooit meer uit te komen, vandaar dat ze het alvast maar achter mijn naam hebben gezet.

Achter me in de volgende rij kucht iemand. Eigenlijk
wordt er niet echt gekucht, maar wordt gedaan alsof en
wordt gefluisterd 'Achterlijke'.

Kuch – 'Achterlijke'.

Ik kijk stiekem achterom en zie dat het Zero is. Hij kijkt
over mijn schouder naar mijn nul. Dan steekt hij zijn vinger
in zijn neus en trekt een gezicht als een Kwijlende Zot.

Jackie Williams staat op als haar naam wordt genoemd.
'Uitmuntend als altijd,' zegt meneer B. als hij haar haar
proefwerk teruggeeft.

Jackie is een kei. Ze haalt altijd tienen. Waarschijnlijk
heeft ze de hele bibliotheek al uit. Ze praat zelfs in zinnen en
paragrafen, met komma's en al.

Ze zit in de bank rechts van mij en ik kan dus haar proefwerk zien.

Tien-plus staat erboven. Dat kan niet. Je moet minstens
een nieuw land ontdekken of zo om een tien-plus te krijgen.
Of weten wat geografische lengte is.

Jackie ziet er zelfs perfect uit. Haar haren hebben precies
dezelfde donkerbruine kleur als haar huid. Ze heeft een
middenscheiding en allemaal kleine vlechtjes waardoor
ieder haartje op precies de juiste plek zit. Ik weet zeker dat ze

nooit een gaatje in haar tand heeft gehad of een appelpitje in haar oor.

'Vooruit dan,' zegt meneer Blaylock. 'Het spel dat we nu gaan spelen heet wiskunde.'

Vanuit de klas klinkt gekreun.

Meneer B. glimlacht. 'Hé, breuken zijn ook *mijn* favorieten, hoor.'

Er is geen ontkomen aan. Als aan het einde van de dag de bel gaat, denk ik eraan om ertussenuit te knijpen en te proberen met de rest naar buiten te glippen. Maar dat heeft geen zin. Ik moet morgen toch weer terug. Ik kan niet mijn leven lang op de vlucht gaan.

KOM NA SCHOOLTIJD BIJ ME.

Dat is een bevel. Als de andere kinderen weggaan, blijf ik als versteend achter in mijn bank.

Achter de rug van meneer Blaylock wijst Zero naar me en lacht stilletjes als hij weggaat. Zero is niet zijn echte naam, zijn moeder heeft hem niet zo genoemd. Zijn echte naam is Ronald. Hij heeft de bijnaam Zero – nul – gekregen omdat dat aangeeft hoe slim hij is. Hij is dus een nul. Wie dat bedacht heeft, leeft nu waarschijnlijk niet meer. Maar ik zou er zo voor kiezen in plaats van meneer De Achterlijke.

Zero is zelfs twee keer blijven zitten, maar hij is nooit naar de B-klas gestuurd zoals ik. Hij is even dom als ik, alleen weet hij het beter te verbergen.

'Todd,' zegt meneer Blaylock met zijn zachte stem waardoor mijn knieën gaan knikken. 'Wat vind je van je nieuwe klas?'

Wat moet ik zeggen? Wat is het juiste antwoord?

'Goed,' zeg ik. 'Ik bedoel, ik vind het echt leuk.'

Hij lijkt zo groot zoals hij daar zit. In zijn ogen moet ik een insect zijn, een kever of zo. Nee, die is te groot, een mier klopt beter.

'Welk vak vind je het leukst?'

Dat is net zo'n vraag als wat is je favoriete breuk. Geen enkel vak is leuk. Ze zijn allemaal uitgevonden om mij het leven zuur te maken.

Ik wijs naar het aquarium dat op de kast tegen de muur staat.

'Ik vind de kikkers en sala... salamanders in het aquarium leuk.'

Meneer Blaylock glimlacht alsof ik iets goeds heb gezegd. Hij staat op en loopt naar de kast en wenkt dat ik ook moet komen. Als ik opsta, blijft mijn stoel hangen en het maakt een hels kabaal.

Mooi, nu zal hij ook al denken dat ik niet eens fatsoenlijk kan opstaan.

Hij buigt zich voorover en kijkt naar het landschapje achter het glas. Tegen het glas zit een kikker ter grootte van een munt van twee euro. Als hij ademhaalt, zie je zijn buik op en neer gaan. Meneer Blaylock legt zijn vinger aan de buitenkant van het glas op de plaats waar de kikker zit. Het verbaast me dat hij niet wegspringt. Hij ziet die dikke vinger niet eens, die hem met gemak kan vermorzelen.

'Dit is eigenlijk een terrarium. Een aquarium is gevuld met water en er zitten vissen in. In een terrarium zitten amfibieën en reptielen,' vertelt hij me. 'Ik kreeg mijn eerste toen ik tien was. Het zijn perfecte wereldjes in het klein. Hoeveel kikkers zitten hier nu in?'

'Vier,' zeg ik. 'En een halve.'

Zijn grote, donkere ogen kijken me aan. 'Waar haal je een halve kikker vandaan?'

'Er is er een doodgegaan achter die blauwe rots daar.'

Hij gluurt langs de zijkant naar binnen om te kijken of hij de achterkant van de blauwe rots kan zien.

'Hm. Je hebt gelijk. Dat meneertje ziet er niet al te best uit.'

'Ik had een muis die doodging,' vertel ik hem.

'Wat vervelend.'

Meneer Blaylock doet de klep van het aquarium omhoog – ik bedoel het terrarium – en pakt de dode kikker er met een papieren zakdoekje uit.

Hij wikkelt het zakdoekje om de kikker.

'Todd, volgens mij zou het een stuk beter gaan als je naar de B-klas gaat. Wat vind je er zelf van?

De B-klas. De klas voor Hersendoden. Kwijlende Zotten.

'Daar kom ik net vandaan. Alsjeblief, ik wil daar niet terug naartoe. Ik zal beter mijn best doen.'

Hij is nog steeds bezig met vouwen alsof hij van het zakdoekje een envelop wil maken of zo. Je zou denken dat zulke grote handen alleen dingen kunnen vermorzelen, niet zo mooi vouwen.

'Het gaat lukken,' zeg ik tegen hem. 'Ik zweer het. Geef me alleen nog een kans.'

Hij houdt op met het maken van de kleine doodskist van papier voor de kikker en kijkt me recht aan.

'Weet je wat? Het eerste rapport komt eind oktober, over vier weken. We zullen zien hoe het dan gaat. Afgesproken?'

Vier weken! Dat is een onmogelijke opdracht! Ik ben mijn hele leven al een idioot. Wat kan ik doen in vier weken?

'Afgesproken,' zeg ik. Wat moet ik anders?

'Doe je best,' Hij glimlacht en legt zijn grote hand op mijn schouder.

Meneer Blaylock houdt de ingepakte kikker in zijn andere hand, voorzichtig alsof hij nog steeds leeft en hij hem niet bang wil maken.

4

Als ik in de gang blijf staan om mijn rugzak open te ritsen, hoor ik uit lokaal 204 gelach komen. Dat is het lokaal waar ik vorig jaar gezeten heb.

'Harvey, je moet zeep gebruiken om dat eruit te krijgen,' zegt juffrouw Wisswell.

Ik mis haar. Ze was de beste leerkracht die ik ooit heb gehad. Ze heeft me nooit bang gemaakt.

'Het is helemaal opgedroogd en hard geworden,' zegt Harvey.

'Waarom heb je dan ook oranje verf in je haar gesmeerd?' vraagt juffrouw Wisswell.

'Orang-oetangs hebben oranje haar.'

'Harvey, ben jij een orang-oetang?'

Er valt een lange stilte. Dan zegt hij: 'Nee, ik denk het niet.'

Ik hoor juffrouw Wisswell tegen een paar andere kinderen praten. 'Eva, kun je die kwasten uitspoelen?'

Ik word helemaal zenuwachtig als ik Eva's naam hoor. Ik voel me al ellendig genoeg, ik wil niet nog eens tegen haar moeten schreeuwen. Daarom haast ik me en wacht voor de school tot mijn ma me op komt halen.

Harvey is al gek op orang-oetangs sinds we vorig jaar naar de Metro Zoo op excursie gingen en een van die oranje orang-oetangs zijn lippen tegen het glas van zijn kooi drukte. Harvey werd op slag verliefd.

Dat was een geweldige uitstap. Eva vond een pauwenveer en we zagen een leeuw naar de wc gaan. Dat was verbazingwekkend, die veer bedoel ik. Juffrouw Wisswell vertelde ons hoe de mannetjespauw zijn fleurige veren als een waaier opzet om te pronken. Even liet ze me de veer vasthouden en toen ik hem teruggaf, hield ze mijn hand even vast, zomaar. Dat was prettig, tot Harvey begon te kijken en ik haar van me af moest schudden.

Ik zal niet zeggen dat Eva traag is, ook al is ze dat misschien. Ze is in ieder geval niet zoals Harvey. Harvey is echt hyperactief. Hij springt de hele tijd heen en weer en je wordt gek als je naar hem kijkt. Als hij geacht wordt stil te staan, springt hij omhoog alsof de vloer gloeiend heet is of zo. Als hij zit, gaan zijn benen op en neer alsof hij aan het fietsen is. Zelfs juffrouw Wisswell moet af en toe tegen hem tekeergaan om hem wat af te remmen.

Maar Eva is anders. Haar probleem is dat als ze een verkeerde uitkomst krijgt bij wiskunde of zo, en de leerkracht haar vertelt waar ze de fout heeft gemaakt, ze het hele vraagstuk overdoet en dan precies dezelfde fout maakt. En dat doet ze elke keer. Juffrouw Wisswell noemt haar koppig.

Dat is Eva. Ze mag dan soms het verkeerde antwoord geven, maar ze geeft nooit op. In dat opzicht lijkt ze op de *Terminator*.

Ze komt terug.

5

Als huiswerk moet ik vanavond twee hoofdstukken van *Charlotte's Web* lezen. Twaalf pagina's. Daar heb ik de hele week voor nodig. Denken ze soms dat ik een professor ben?

'Geef die hersenen van je eens wat water, misschien groeien ze dan,' zeggen de kinderen uit de klas altijd tegen me, alsof het allemaal zo makkelijk is. Het is niet zoals die radijsjes die we vorig jaar in de B-klas hebben geplant. Je kunt je hersenen niet zomaar wat water geven en ze vervolgens in het raamkozijn in de zon zetten.

Mijn hersenen laten groeien. Snel. Dat is mijn *Mission Impossible.*

Ik lig op mijn bed en sla het boek zo ver open dat de rug kraakt. Ik vind het prachtig dat een boek een rug heeft, dan kan ik de rug laten kraken en het boek martelen zoals het boek ook mij martelt.

Pagina één. De eerste drie paragrafen zijn geen probleem, maar dan gaat het niet meer zo snel.

Enkele minuten later word ik proestend wakker met *Charlotte's Web* open op mijn gezicht. Ik herinner me niet eens meer dat ik in slaap ben gevallen. Dat lezen is gewoon slopend.

Ik moet me concentreren! Terwijl ik ga zitten, klop ik op mijn hoofd alsof ik wil kijken of er iemand thuis is. Geen antwoord.

Ik heb op de tv ooit eens een kale man gezien die op zijn hoofd stond en tegelijkertijd een boek las. Mijn ma zat naar dat programma te kijken. Ze zei dat Kaalkop yoga aan het doen was, een of andere oefening waarbij je niet beweegt. Mijn ma doet ook aan yoga. Ze kan haar voet in haar nek leggen. Dat is best eng om te zien. Maar volgens haar is het verhelderend voor de geest als je op je hoofd gaat staan. Ik denk dat al je bloed in je hersenen loopt en daar dan wat rond blijft drijven.

Ik heb al eerder geprobeerd op mijn hoofd te staan, maar ik viel elke keer om. Dus maak ik het me nu iets makkelijker.

Ik ga over de rand van mijn bed hangen met mijn armen naar beneden en hou zo *Charlotte's Web* vast. De rand van mijn bed bevindt zich recht op mijn ingewanden en als mijn hoofd omlaag hangt, voel ik het bloed ernaartoe stromen. Dit moet een oppepper voor mijn hersenen zijn. Het is net zoiets als wanneer mijn pa de barbecue aansteekt door aanstekerbrandstof over de kolen te gieten. Alleen giet ik bloed over mijn hersenen om ze aan te wakkeren.

Ik denk dat het werkt. Ik slaag erin een hele pagina door te werken zonder één keer de draad kwijt te raken. Dus ik leun nog iets verder uit mijn bed. Mijn hartslag klinkt nu harder, waarschijnlijk omdat al het bloed langs mijn oren raast, en mijn hoofd voelt aan als een ballon die opzwelt. Ik word duizelig en de woorden beginnen wazig te worden.

'Todd? Wat ben je aan het doen?' Dat is mijn ma, maar ik hang zo ver over de bedrand en ik ben zo verward dat ik niet kan zeggen waar de stem vandaan komt of wat boven en wat onder is. Ik kijk naar de vloer, dan onder mijn bed en vraag me af wat ze daaronder doet.

'Ma?'

Op dat moment hang ik iets te ver over de rand en val ik met een klap op de grond. Mijn handen en *Charlotte* breken de val. Ik ben even verdoofd en als ik probeer rechtop te gaan zitten heb ik het gevoel dat ik rondjes heb gedraaid.

Mijn ma knielt naast me. 'Zo, alweer een deuk in je hoofd,' zegt ze. 'Je schedel telt meer kraters dan de maan.'

'Ik was aan het lezen,' probeer ik uit te leggen.

'Ondersteboven?'

'Ja. Zodat er meer bloed in mijn hersenen zit. Net als bij yoga.'

'Maar bij yoga is het niet de bedoeling dat je op je hoofd belandt.'

Mijn ma woelt door mijn haar om er zeker van te zijn dat er geen scheurtjes in zitten. Toen we vroeger samen boeken lazen en zij er was om iets uit te leggen, vond ik het een stuk fijner.

'Ik probeer slimmer te worden,' zeg ik.

'Dat is uitstekend. Maar je hoofd stoten is niet de beste manier om dat te bereiken.'

'Dat denk ik ook niet,' ben ik het met haar eens. En ze

heeft gelijk. Die klap heeft alles weggevaagd wat ik net heb gelezen.

Het is veiliger om tv te kijken.

Mijn pa en ik zitten op de bank naar een film te kijken over een vliegtuig dat neerstort op een onbewoond eiland en waarbij de overlevenden zich moeten redden met de opbrengst van de jacht en de visvangst. Ze zijn nu een ruim twee meter lange python aan het roosteren.

Ik zit ketchup-chips te eten. Mijn pa maakt een kom worteltjes soldaat. Hij eet wel een kilo van die dingen per dag, niet omdat ze zo gezond zijn, maar omdat hij iets te doen moet hebben.

Negen dagen geleden is hij namelijk voor de honderdduizendste keer met roken gestopt. Mijn pa was zo iemand die goed was voor twee pakjes per dag. Als we in het familiealbum oude foto's bekijken, dan is mijn pa altijd nauwelijks te zien omdat hij in een rookgordijn is gehuld. Hij is van kettingroker veranderd in ketting-worteltjeseter.

'In een wetenschappelijk programma,' vertel ik hem, 'heb ik een kerel gezien die helemaal gek van gezonde voeding was. Hij at dan ook honderden wortels per week. Echte wortels, van die grote. En hij at er zoveel dat hij er helemaal oranje van werd.'

Mijn pa proest het uit. 'Dat zal wel.'

'Het is echt waar. Het kwam op de Schooltelevisie.' Dat is het vervelende als je wat traag bent. Zelfs als je gelijk hebt, gelooft nog niemand je. Maar ik geef niet op. 'In wortels zit iets waardoor ze oranje zijn. Dus...'

24

'Beta-caroteen,' zegt mijn pa.

'Wie?'

'Dat is de stof die in wortels zit waardoor ze hun kleur krijgen.'

'Ja. Dat is het,' zeg ik. 'Bieta...klareteen. Of zoiets. Dat spul, daar gaat het om.'

'Dus je bent bang dat je ouweheer helemaal oranje wordt?'

Ik haal mijn schouders op. 'Nou ja, u wilt toch niet dat mensen de gek met u gaan steken. Zoals die keer dat mijn hand groen geworden was en ze op school dachten dat ik radioactief was.'

Dat was een tijd geleden toen mijn pa in de kelder een speciaal bier aan het brouwen was voor St. Patrick's Day. Hij had er een heleboel groene kleurstof bij gedaan omdat groen de favoriete kleur van de Ieren is en St. Patrick een Ier is. Ik hielp hem de kleurstof erbij te gooien, alleen was de kruik te zwaar en kwam er meer kleurstof op mij terecht dan in het brouwsel.

Mijn pa lacht. 'Dat was alleen maar verf om voedsel te kleuren. En na een paar dagen hadden we je toch helemaal schoongepoetst.'

'Ja.'

Mijn pa wijst naar me met een van zijn mini-worteltjes. 'Hou me in de gaten. Als ik begin te verkleuren stap ik over op selderij.'

Ik eet mijn laatste chipje op en lik mijn vingers schoon. Onder de salontafel zie ik mijn opblaasbare wereldbol die ik gisteren gebruikt had voor mijn aardrijkskundeles. Als hij is opgeblazen heeft hij ongeveer de grootte van een basketbal. Ik laat de wereldbol op mijn vinger ronddraaien, maar hij glijdt er telkens vanaf.

'Todd,' roept mijn ma vanuit de keuken. 'Telefoon!'

'Wie is het?' schreeuw ik terug.

'Eva.'

De wereldbol glijdt van mijn vinger, stuitert op de tafel en rolt naast de tv. Ik dacht dat Eva, nadat ik haar vandaag in de gang zo had afgeblaft, wel kilometers bij me uit de buurt zou blijven. Maar ik was vergeten hoezeer ze op de *Terminator* lijkt.

Ik ga naar de keuken en steek mijn hoofd om de deur. 'Ma,' fluister ik.

'Wat?' zegt ze, terwijl ze haar hand over het spreekgedeelte van de telefoon houdt.

'Ik kan niet met haar praten. Zeg dat ik buiten ben.'

'Waarom?' wil mijn ma weten.

'Gewoon daarom.'

'Ik ga niet liegen, Todd.'

'Hm, en als ik nou eens buiten ga staan, net als de vorige keer? Alsjeblief? Alsjeblíéf?'

Mijn ma schudt haar hoofd alsof ze teleurgesteld is.

Ik weet het. Ik ben een snertkind.

'Dit is de laatste keer!' zegt ze.

Buiten voor de voordeur sta ik op mijn kousenvoeten te bibberen in de avondbries totdat het weer veilig is om naar binnen te gaan.

26

Terwijl ik weg was, is Christie op mijn plek gaan zitten. Ze eet een boterham met pindakaas en banaan. Sinds ze geprobeerd heeft een van die boterhammen in mijn mond te proppen en alles in mijn neus en zo terechtkwam, haat ik pindakaas.

Ik heb het einde van de film over die vliegtuigramp gemist en mijn pa is naar boven gegaan, dus ik kan hem niet vragen wat er gebeurd is.

Ik moet het aan Christie vragen. 'Heb je gezien of ze van het eiland gered werden?'

'Iedereen behalve een klein snotjong dat luistert naar de naam Todd,' zegt Christie. 'Wat ben je toch een engerd.'

'Hé, waarom pest je me nu? Ik heb toch niets gedaan?'

'Inderdaad. Ik snap niet waarom Eva zelfs nog moeite doet. Ze hoeft toch niet met kneusjes als jij om te gaan.'

Christie is maar twee jaar ouder dan ik, maar ze is een stuk groter. Ze zit nu in het eerste middelbaar. Toen ze nog bij mij op school zat, deed ze net alsof ze me niet kende. Omdat ik stomme dingen zeg en eruitzie als een debiel, zegt Christie. Dat zijn volgens mij goede redenen.

Ze is net een Formule-1 wagen die als eerste bij de finish wil zijn. Zoals Christie het ziet, rij ik haar voor de wielen, hou ik haar tegen.

'Je hebt een pukkel op je neus,' zeg ik tegen Christie. Het is niet waar, maar ik denk dat het de vlugste manier is om mijn plek terug te krijgen.

'Jij bent zélf een pukkel,' zegt ze terwijl ze langs me heen loopt. In de gang slaat de deur van de wc met een klap achter haar dicht.

Ik pak de wereldbol en ga weer op mijn plek op de bank zitten. Maar nu staat het nieuws aan en dat is zo saai. Er is altijd wel ergens iets aan de hand, ze veranderen alleen de namen.

Ik draai de wereldbol op mijn schoot rond, op zoek naar onbewoonde eilanden.

Mijn ma komt naast me zitten en roert in haar yoghurt.

'Vertel eens, hoe komt het dat je niet meer met Eva wil praten? Ik dacht nog wel dat ze je beste vriendin was.'

Ik haal mijn schouders op. 'Ik weet het niet.'

Mijn ma stoot me zachtjes aan. 'Vooruit.'

'Het komt gewoon omdat ik niet meer bij haar in de klas zit. Iedereen zal denken dat ik, u weet wel, nog steeds een Hersendode ben.'

Mijn ma kijkt me fronsend aan. 'Je bent nóóit een Hersendode geweest. Wat een afschuwelijk woord. Zeggen kinderen dat dan tegen je?'

'Dat maakt niet uit.'

'De snelheid waarmee je leert is alleen wat anders. Dat is alles. Net als Eva,' zegt mijn ma.

'Maar ik ben niet meer zoals Eva. Ik zit nu in de echte vijfde klas bij de normale kinderen. Dit is de grote competitie, ma. Ik wil niet meer terug.'

Ze likt haar lepel schoon. Tot een jaar geleden was ik ervan overtuigd dat yoghurt gewoon gesmolten ijs was. Maar toen proefde ik het en leek het meer op ijs waarin iemand wat azijn had gedaan en dat vervolgens een week in de zon had gezet.

'Je kunt nog steeds bevriend zijn,' zegt ze. Mijn ma is superslim, ze heeft op het HBO gezeten en zo. Maar soms snapt ze er gewoon niets van.

Op de wereldbol vind ik een klein eilandje waar geen naam bij staat, midden in de Grote Oceaan.

Ik kan niet meer met Eva praten en we kunnen niet meer rondhangen zoals vroeger. Maar als ik ergens met iemand zou moeten neerstorten, dan zou ik dat wel het liefst met Eva doen.

6

'Hé, Gump!'

Als ik de stem achter me hoor, blijf ik als versteend staan.

'Hé, Gump!' Zero komt naast me staan. 'Je hebt iets laten vallen,' zegt hij en geeft een zet tegen de boeken die ik vastheb.

Op ontdekkingsreis door de wiskunde en *Wie vond wat uit?* vallen met een klap op de grond.

'Gump,' zegt hij. 'Gump de stump.'

Net wat ik nodig heb, een nieuwe naam.

'Gump de stump die krijgt een schop en een klap voor zijn kop,' zegt Zero en mept me tegen de muur.

Geweldig. Nu gaat hij nog een rijmpje opzeggen terwijl hij me doodslaat ook.

Ik steun tegen de muur en hou mijn adem in. Het heeft geen zin om weg te rennen. Het beste is om net te doen of ik dood ben, in de hoop dat hij weggaat. Of werkt dat alleen bij beren?

'Gump de stump die krijgt een schop en een klap voor zijn kop. En dan ben ik nog niet klaar, want ik trek hem ook aan zijn haar.'

'Jongens,' klinkt een volwassen stem. Het is de onderdirecteur. 'Niet talmen in de gangen. Ga naar je klas.'

Gered! Ik weet niet wat talmen betekent. Het zal wel iets te maken hebben met in elkaar geslagen worden.

Wat maakt het ook uit. Ik graai mijn boeken van de grond en loop snel naar de klas.

Vandaag beginnen we met geschiedenis. We behandelen de Amerikaanse Burgeroorlog. Meneer Blaylock vertelt over belangrijke veldslagen tijdens de oorlog.

'Wie kan me de naam vertellen van de generaal die de geconfedereerden aanvoerde tijdens de slag om de Shenandoah Vallei?'

Ik zak wat onderuit en staar naar mijn bureaublad en probeer onzichtbaar te zijn. Meestal werkt het. Maar...

'Todd?' zegt meneer B. 'Enig idee?'

Ik knipper met mijn ogen en duw tegen mijn hoofd om het antwoord eruit te krijgen.

'Hm, Stonewall?' mompel ik.

'Stonewall Jackson. Goed zo, Todd.'

Wauw. Ik had het goed, al was het toeval. Dat is de enige naam uit de Burgeroorlog die ik ken, en de enige reden dat ik die kan onthouden is omdat die lijkt op de naam van een worstelaar. Stonewall. Je ziet de generaal bijna van de touwen van de boksring springen.

Zoals mijn pa zegt, zelfs een kapotte klok heeft het tweemaal per dag bij het juiste eind. Maar het blijft geweldig om een goedkeurend knikje van meneer Blaylock te krijgen.

Na de slag bij de Shenandoah Vallei gaan we verder met wiskunde. Aan dat lesuur komt nooit een einde, het is alsof dat uur zichzelf vermenigvuldigt. Ik wou dat het zichzelf deelde, want dan zou het al voorbij zijn. Jackie Williams weet altijd als eerste het antwoord. Ze schrijft zelfs nooit iets op, ze doet alles uit haar hoofd. Soms betrapt ze me als ik naar haar staar en dan kijkt ze me aan alsof ik niet goed snik ben.

Dan komt aardrijkskunde en begint meneer B. over geografische lengte en breedte. Dat zijn die lijnen op landkaarten die er in het echt niet zijn. Ze lopen kriskras over de planeet, als een spelletje boter, kaas en eieren, maar dan zonder de kruisjes en de nulletjes.

Voordat de laatste bel gaat, net als ik denk dat ik hier levend vandaan kom, vertelt meneer B. ons dat we morgen proefwerk hebben. Proefwerk, het woord alleen al voelt aan als een ijspegel die in mijn hart wordt gestoken.

'We gaan jullie aardrijkskundekennis testen, beste vrienden,' zegt meneer B. 'Zorg dat je de staten en hun hoofdsteden kent, de meren en rivieren. Het noorden, zuiden, oosten en westen.'

Ik zal vanavond meer met mijn wereldbol moeten doen dan ermee dribbelen. Ik zal de bol uit mijn hoofd moeten leren.

Toen mijn ma me de wereldbol gaf, liet ze me zien waar onze stad was. IK ZIT HIER, schreef ik en omcirkelde de plek.

Nu pak ik mijn pen en krabbel hetzelfde op de hoek van mijn lessenaar, waar het gladde bureaublad is afgebrokkeld tot het hout eronder.

IK ZIT HIER schrijf ik naast de namen van de andere kinderen die hier voor mij hebben gezeten. Dan schrijf ik erachter EN BLIJF HIER.

Om er een officieel tintje aan te geven, onderteken ik het met mijn initialen: TF.

Todd Foster.

7

'Kijk eens wat een rommel je in de gang hebt achtergelaten,' zegt mijn pa als ik thuiskom. 'Overal liggen bladeren en modder.'

Nadat ik het heb opgeruimd ga ik naar wat tekenfilms kijken.

'Zet eens wat zachter! Er zijn nog mensen die proberen te lezen,' zegt mijn pa tegen me.

Dus ik zet het geluid wat zachter. Maar dan heb ik weer een ongelukje want er zijn kringen op het salontafeltje gekomen omdat ik geen onderzetter voor mijn glas drinken heb gebruikt.

Als mijn pa naast me op de bank komt zitten, hou ik me doodstil en probeer niets verkeerd te doen. Alleen heb ik net een glas priklimonade op en alle koolzuur in mijn maag probeert met alle macht via een boer weer omhoog te komen. Ik probeer het tegen te houden door een paar keer te slikken, maar dan komt het er toch uit. Hard.

'Blurp.'

Mijn pa kijkt me aan.

'Sorry,' zeg ik.

Hij kauwt op een groot stuk kauwgom, nicotinekauwgom, van dat spul dat ze je geven als je probeert te stoppen met roken. Die nicotine is dezelfde stof als die in tabak zit en die ervoor zorgt dat je aan roken verslaafd raakt. Ik heb ook eens een stukje geprobeerd, het smaakte net als de binnenkant van een oude schoen.

'Ik wil niet lastig tegen je doen, Todd,' zegt hij. 'Maar ik heb het gevoel dat ik elk moment uit mijn vel kan springen.'

'Tja. Nou ja, je ruikt in ieder geval een stuk beter nu.'

'Volgens mij heb ik meer kauwgom nodig,' zegt hij.

'Kan er dan nog meer bij?'

Ik probeer er niet de draak mee te steken, maar hij schiet in de lach. Dus ik lach mee, want wat ik gezegd heb zal wel grappig geweest zijn.

'Als ik te weinig plek heb, dan stop ik toch ook wat in mijn oren en in mijn neus.'

Omdat ik dat beeld al voor me zie, begin ik nog harder te lachen. Samen kijken we naar een paar tekenfilms.

Mijn ma komt uit de kelder waar ze de was uit de droger heeft gehaald.

'Todd, heb jij morgen geen overhoring?' vraagt ze.

Bij het horen van het woord overhoring, krijg ik hetzelfde gevoel als wanneer er een sneeuwbal in mijn kraag wordt geduwd.

'Ja.'

'Gaat die overhoring soms over tekenfilms?' zegt ze.

'Ik geloof het niet.'

'Dan zou ik maar eens in mijn boeken kijken in plaats van naar de tv.'

Mijn ma is gek op boeken. Het is haar werk. Ze werkt drie dagen per week in de bibliotheek en ze brengt dan ook altijd boeken mee naar huis voor Christie en mij.

'Je hebt mevrouw gehoord,' zegt mijn pa. Hij steekt zijn hand uit en pakt één van zijn sokken uit de wasmand die mijn ma vastheeft. Dan doet hij hem als een blinddoek om mijn hoofd en maakt hem aan de achterkant vast. 'Todd Foster, je bent veroordeeld tot studeren in je kamer.' Hij doet de blinddoek wat omhoog zodat ik hem kan zien. 'Nog een laatste opmerking?'

Ik kan zo vlug niets bedenken. Maar dat maakt ook niet uit, want het koolzuur van de frisdrank speelt nog steeds op en ik kan een volgende boer niet meer tegenhouden.

'Blurp!'

Mijn pa laat de blinddoek weer zakken. 'Goed gezegd.'

Terwijl ik onder de sok door gluur, loop ik tastend naar de trap en ga naar boven.

In mijn kamer ben ik nu alleen met de boeken. We staren elkaar aan. Het is een impasse.

Ik heb niet echt een hekel aan aardrijkskunde. Ik heb een gloeiende hekel aan wiskunde en natuurkunde en dat is wederzijds. Maar aardrijkskunde is wel cool. Ik ben dol op kaarten en atlassen. Je kunt ernaar kijken en net doen alsof je op avontuur gaat naar het Amazonegebied of naar Michigan. Maar als je namen en datums moet onthouden, en wie wie heeft omgebracht, en wat een gemeenschappelijke deler is, dan raak ik de kluts kwijt.

Maar ik kan meneer Blaylock niet vertellen dat ik de kluts

ben kwijtgeraakt. En als ik te veel vragen stel, komt hij er vast achter. Dus hou ik me rustig.

Vorige week hadden we een les over vogels en ik wilde vragen waarom de vogels die 's winters naar het zuiden gaan in de zomer terugkomen. Ik bedoel, waarom blijven ze niet gewoon in het zuiden en doen het daar rustig aan, net als mijn grootouders die in Florida zitten?

Maar ik zei niets want ik dacht dat het een domme vraag zou zijn. Toen vroeg de slimme Jackie even later precies hetzelfde.

'Goede vraag,' zei meneer Blaylock.

Dat is mijn goede vraag! wilde ik roepen. Ik heb er het eerste aan gedacht!

'Het antwoord is voedsel,' zei hij. 'In de lente komen in het noorden alle insecteneitjes uit waardoor er volop beestjes zijn om de buiken te vullen van de vogels en hun jongen.'

Ik kon mezelf wel een trap tegen m'n achterste geven dat ik mijn mond niet had opengedaan. Maar ik neem aan dat zoiets niet kan tenzij je dubbele gewrichten hebt.

Ik zit nu onderuitgezakt op een stoel aan mijn bureau. Aan de muur hangt met plakband een schilderstuk dat Eva vorig jaar in de B-klas van me heeft gemaakt. We moesten er een maken van onze buurjongen of -meisje met wie we in de bank zaten. Ik sta erop met bruine ogen zo groot als een uil en oren als vleugels. Rond mijn hoofd staan zilveren strepen die alle kanten uitgaan.

'Waarom heb ik zilver haar?' vroeg ik haar toen ze me het werkstuk liet zien.

'Dat is geen haar. Dat zijn sterretjes. Net als op mijn verjaardagsfoto.'

Eva had het over een foto die haar moeder afgelopen jaar tijdens haar verjaardagsfeestje van ons gemaakt had. Eva is dol op sterretjes en we liepen ermee rond toen haar moeder de foto nam. Op de foto probeer ik met de sterretjes mijn naam in de lucht te schrijven, en Eva houdt die van haar achter mijn hoofd zodat het net is alsof er sterretjes uit mijn hoofd komen.

'Zijn mijn oren echt zo groot?' vroeg ik toen ik zag hoe ze me had geschilderd.

'Groter!' zei ze lachend.

'En mijn hoofd is één grote sterretjesautomaat?'

Eva knikte. 'Maar dat zijn niet zomaar sterretjes. Dat zijn jouw slimme sterretjes.'

Eva dacht dat ik een of ander genie was, want in de B-klas wist ik altijd alle antwoorden.

Ik pak nu mijn aardrijkskundeaantekeningen en sla mijn atlas open bij de Verenigde Staten. Er staan duizenden rivieren en meren en hoofdsteden van staten in die ik uit mijn hoofd moet leren. Dat is onmogelijk. Ik bedoel, wie heeft er nou ooit van Boise, Idaho gehoord?'

Ik krab op mijn hoofd en wacht tot de sterretjes komen.

8

Bij het begin van het vorige schooljaar kwamen ze met een dokter die gespecialiseerd was in hoofden om te zien wat er met mij aan de hand was. Ze zeiden het alleen niet zo. De meneer zei dat de dokter gewoon wilde kijken waar ik goed in was en waarbij ik nog wat hulp kon gebruiken.

Alleen was de test die ze me gaven geen echte test. Ik hoefde de hoofdsteden niet op te zeggen of een lange staartdeling te maken. Eerst vertelden ze me dat ik een tekening moest maken van mezelf en de rest van het gezin als we tv zitten te kijken. Dus tekende ik ons allemaal op de bank met mij aan de ene kant naast mijn ma en Christie helemaal aan de andere kant naast mijn pa. Ik tekende Christie met hangwangen en een grote bos haar zodat ze eruitzag als een heks. Ik vond het wel grappig. Toen keek de dokter ernaar en zei: 'Is het zo klaar?'

En ik werd bang dat ik iets vergeten was, maar ik kon er niet op komen wat. Dit was niet te vergelijken met meerkeuzevragen waarbij je altijd een kans maakte, zelfs als je gokte.

Dus haalde ik gewoon mijn schouders op en zei: 'Ja. Ik denk het wel.'

Toen moest ik van de dokter vier dingen onthouden.

'Een blauwe schuur. Een harige spin. Thomas Jefferson. En het getal 68,' zei ze. 'Kun je dat voor me herhalen?'

'Een schuur. Harige spin. Thomas Jefferson. En het getal zestig... zestig... Ik kneep mijn ogen tot spleetjes en probeerde het nummer te zien, maar het was helemaal uitgesmeerd over mijn hersenen.

'68,' zei ze tegen me.

'Precies. 68.'

'Nu ga ik je een verhaal vertellen over hoe de koningsvlinder elk jaar van hier helemaal naar Mexico gaat.'

Eerst dacht ik dat de dokter gek was geworden. Ze sprong van de hak op de tak en het sloeg nergens op, alsof ze in enkele seconden tijd langs dertig televisiestations zapte zodat je niet meer wist waarnaar je zat te kijken. Wat heeft Thomas Jefferson nu te maken met vlinders? Maar na een tijdje zat ik helemaal in het vlinderverhaal. Ze zijn heel klein en kwetsbaar, maar toch vliegen ze duizenden kilometers om 's winters onderdak te hebben en komen daarna terug.

Het was een goed verhaal en ik zou nooit meer op dezelfde manier naar een koningsvlinder kijken. Maar toen was het verhaal afgelopen en vroeg de dokter me haar te vertellen welke vier dingen ik moest onthouden.

Als ze wilde dat ik die dingen onthield, waarom zat ze dan over vlinders te kletsen?

'Hm,' zei ik. 'Goed. President Lincoln? Hij had haar... lang haar? Nee. Nee. Dat was het niet. President Lincoln woonde in een schuur, met zijn haar... en daar waren een heleboel spinnen... toen hij zes was?'

De dokter knikte niet en schudde ook haar hoofd niet. Ze schreef iets op haar blocnote en ik werd er helemaal zenuwachtig van, want ik wist niet of ik het nu goed of slecht had gedaan.

'Had ik er een paar goed?' vroeg ik.

Ze lachte vriendelijk naar me, net als toen ze over de vlinders aan het vertellen was. 'Het gaat hier niet om goed of slecht. Ik wil je leren kennen.'

Twee weken later werd ik gedumpt in de B-klas.

De eerste dag in de B-klas. De kinderen zagen er normaal uit, behalve Harvey dan. Hij zat in zijn bank de hele tijd de rug van zijn hand te kussen.

'Kinderen, dit is Todd,' zei juffrouw Wisswell tegen de klas.

Een paar kinderen zeiden: 'Hallo, Todd.' Ik bromde wat en stak mijn hand op.

'Nu moeten we alleen nog een plaatsje voor je zien te vinden.'

'Hij kan hier zitten,' zei een van de meisjes. Ze had een vreemde bril op met roze in plaats van heldere glazen en ik wist dan ook niet of ze die echt nodig had om te kunnen zien. 'Kom hier maar zitten. Dan ben je mijn maatje.'

Dat was Eva. Zo is ze, bazig, maar op een vriendelijke manier. Ze vertelt je wat je moet doen en als je dat niet doet dan kijkt ze je met zo'n verbaasde blik aan alsof je net haar wereld op zijn kop hebt gezet.

Eva nam me al meteen onder haar hoede en liet me zien hoe alles in de B-klas in zijn werk gaat.

41

'Dit is mijn bank. Die is van Harvey.' Ze wees hem aan toen hij onze kant uit kwam lopen. 'Ga terug zitten, Harvey. Niemand wil door jouw stinkende lippen worden gezoend.' Hij draaide zich om en liep terug naar zijn plaats. 'Als hij bij je in de buurt komt, probeert hij je een kus te geven. Dat moet je niet toelaten. Hij zoent ook de woestijnratten en de hagedis.'

Eva wees naar de kast achter de lessenaar van de leerkracht waar een groot aquarium en twee terrariums stonden. Er zaten woestijnratten, hagedissen en kleine felblauwe vissen in.

'Dat is de dierentuin. Niet tegen het glas tikken. Niet voeren tenzij juffrouw Wisswell erbij is.'

Het aquarium met de vissen stond tussen beide terrariums in. Een van de woestijnratten stond tegen het glas te krabben alsof hij bij de vissen wilde gaan zwemmen.

'Dit is mijn andere bril,' zei Eva terwijl ze me een ander montuur met oranje glazen liet zien. 'Thuis heb ik er nog meer. Een groene en een paarse. Zie je dat daar? Dat is...'

'Waarom?' onderbrak ik haar.

Eva leek helemaal beduusd dat ik haar zomaar in de rede was gevallen.

'Waarom heb je gekleurde glazen?' vroeg ik. 'Ziet alles er dan niet gek uit?

Ze keek me aan door haar roze glazen. 'Het zorgt dat alles er goed uitziet. Zelfs Harvey. Hier, probeer die met die oranje glazen maar eens.'

Ik keek eerst om me heen om te zien of er niemand naar

me keek, maar iedereen was bezig pasteltekeningen te maken van een foto van een zeearend die op het schoolbord hing. Dus zette ik de bril op.

Iedereen zag er raar uit. Alle kinderen hadden een oranje huid net als die kerel die te veel worteltjes had gegeten. Het was net alsof ik ondergedompeld zat in sinaasappelsap. De lucht buiten leek wel een wilde zonsondergang.

Ik zette de bril weer af en de wereld had zijn gewone kleuren weer terug.

'Draag je die altijd?' vroeg ik haar.

Eva schudde haar hoofd. 'Alleen als ik er genoeg van heb om altijd dezelfde dingen te zien. Het is net alsof je elke dag alles in een andere kleur schildert.'

Dat was typisch Eva. Ze ziet meer kleuren dan een ander.

Ik val er net tussenin, vertelde mijn ma me. Eigenlijk hoor ik niet in de B-klas thuis omdat ze niet snel genoeg voor me gaan. En de gewone klas gaat weer niet langzaam genoeg. Mijn ma beloofde me dat het maar voor even zou zijn. Maar ik had het gevoel alsof ik levenslang had gekregen.

Wat ik bij de B-klas nooit heb begrepen, is hoe we de achterstand moesten inlopen als we alles langzamer deden dan de A-klas. Ik bedoel, als je twee auto's hebt en de ene gaat honderdvijftig kilometer per uur en de andere driehonderd, dan kan de langzame wagen de andere toch nooit inhalen?

Mijn ma vertelde me wat de dokter die gespecialiseerd was in hoofden tegen haar had gezegd. Mijn begrijpend lezen is slecht. Dat betekent dat ik meestal niet begrijp wat ik aan het lezen ben. En ze zeiden ook dat ik zwak was in het dingen van buiten leren. Maar ik weet wel wat vorig jaar de uitslag was van de Super Bowl. Ik durf te wedden dat de dokter dat niet weet.

Het enige aardige dat ze over me zeiden was dat ik een sterke fantasie heb. Maar waar is dat nu goed voor? Je wordt nooit getest op het verzinnen van dingen.

Op de laatste schooldag van de vierde klas kreeg ik mijn rapport.

'Goed gedaan, Todd,' zei juffrouw Wisswell toen ze me het rapport overhandigde.

Ik keek naar de buitenkant van het boekje, terwijl iedereen vlug keek wat binnenin stond. Het was net als op tv als de jury terugkomt met een briefje waarop het vonnis staat.

'Kijk.' Eva zat naast me en gaf me een por. 'Ik heb een tien voor tekenen.'

Ze had die dag haar bril met blauwe glazen op, die bril die je het gevoel gaf dat je onder water zat. 'Kijk je niet wat er bij jou in staat?'

Ik draaide mijn rapport om om te zien of ik misschien iets door het papier heen kon zien. Slecht nieuws krijgen is net zoiets als een pleister aftrekken, dat kan het best zo snel mogelijk gebeuren, dan ben je er vanaf. Dus ik sloeg mijn rapport open.

Niet schuldig. Niet schuldig aan hersendood. Het is me gelukt. Het is me gelukt om terug naar A te gaan, naar de normale kinderen.

'Wat staat er?' vroeg Eva.

44

'Er staat dat ik terug naar de A-klas mag. De vijfde klas.'

Mijn glimlach was zo breed dat al mijn tanden te zien waren. Eva lachte niet terug. Haar ogen stonden verdrietig achter de blauwe glazen.

'Wie komt er dan op jouw stoel zitten?' zei ze helemaal in de war.

'Ik weet het niet. Iemand anders?'

'Maar jij bent mijn maatje.'

'Maar ik zie je toch nog steeds,' zei ik tegen haar. 'We gaan volgende week naar de film, afgesproken?'

'Maar volgend jaar dan?'

Daar had ik voor haar geen antwoord op.

Toen ik thuiskwam, stond er een cake op me te wachten. Mijn ma had die gebakken in een van haar cakevormen, die in de vorm van een schildpadschild.

'Waarom is hij grijs?' vroeg ik en ik prikte met mijn vinger in het glazuur.

'Het moet eruitzien als hersenen, snap je? En hersenen zijn grijs van kleur.' Ze begon te lachen. 'Best grappig, hè?'

'Maar waarom?'

Mijn ma begon de cake in plakjes te snijden. 'Omdat ik wist dat het je zou lukken.'

'Wat als het me niet was gelukt?'

Ze gaf me een bordje. 'Dan had je nog steeds hersenen. Ik heb je bezig gezien. Alles zit goed daar.'

Christie kwam de keuken binnen en zei: 'Hij is grijs.'

'Het is eigenlijk glazuur van witte chocolade met een

beetje kleurstof erdoorheen,' vertelde mijn ma haar. 'Het smaakt heerlijk.'

'Waarom heeft het die vorm?'

'Het zijn hersenen,' zei ik.

Christie trok een gek gezicht. 'Nou ja, als je het mij vraagt, kun je die wel gebruiken.'

'Christie! Zo praat je niet tegen je broer,' zei mijn ma tegen haar. 'Wees eens aardig. Todd heeft wat te vieren.'

Ik stak mijn rapport omhoog. 'Ik ben over. Ik mag volgend schooljaar terug naar de A-klas, naar de normale kinderen.'

Christie griste het rapport uit mijn hand en las het. Ik verwachtte een vervelende, betweterige opmerking van haar.

'Niet slecht,' zei ze. 'Fijn voor je. En, gaan we nu nog wat van die hersencake eten of zo?'

'Niet slecht' uit de mond van Christie gaf hetzelfde gevoel als het winnen van een Oscar of de Super Bowl.

We aten de lekkerste grijze hersencake die ik ooit heb geproefd.

9

Zo. Ik ben er klaar voor. Ik ga dit aardrijkskundeproefwerk goed doen.

'Jullie hebben vijftien minuten,' zegt meneer Blaylock en hij kijkt naar de klok aan de muur. 'Op jullie plaatsen. Klaar. Starten maar!'

Noem de vijf grote meren, luidt de eerste vraag.

Ik ga bij mijn hersenen te rade en kom met het Michiganmeer. Dat is er alvast een. De volgende. Ik doe mijn ogen dicht en kijk in mijn hoofd rond. Het is daarbinnen al donker en ik zie geen meren meer.

Er moeten er nog vier in zitten. Ik weet dat ik er gisteravond nog over heb gelezen. Een ervan deed me denken aan Christie. Ik herinner me dat ik het aan mijn ma vertelde... dat ze eens moest ophouden zo superieur te doen. Dat was het. Het Superior-meer. Dat zijn er al twee.

En dan was er nog een met een naam die helemaal nergens op sloeg. Erie. Het Erie-meer. Ik herinner me dat ik dacht dat als je iets Erie noemt het minstens op een kuipje smeerkaas moest lijken.

Nu nog twee. Vooruit. Ik weet dat ik de antwoorden ergens moet hebben. Ik heb ze gisteravond naar binnen gewurmd.

Naar die vraag kijk ik straks nog wel.

De volgende gaat over hoofdsteden.

Noord-Dakota. Zuid-Dakota. Die zijn lastig. Waarom zijn er eigenlijk twee Dakota's? Waarom niet gewoon één grote? Dan hoefde ik maar één hoofdstad te weten. Die vul ik nog niet in. Dat komt straks wel.

Oklahoma is makkelijk, dat is Oklahoma City. De Dakota's zouden daar iets van kunnen leren.

De vraag wat de hoofdstad is van de staat New York is een strikvraag, want je zou denken dat het New York City moet zijn. Maar het is toch echt een plaats die Albany heet.

Voor Georgia is het Atlanta. Voor Tennessee, Nashville.

De hoofdstad van Florida zal wel Miami zijn, want daar spelen immers de *Miami Dolphins*. Voor Texas moet het Dallas zijn vanwege de *Dallas Cowboys*. Het is maar goed dat mijn pa zo veel naar American football kijkt.

Dan is er een meerkeuzevraag over welke rivieren en gebergten er bij welke staten horen. Ik ben dol op meerkeuzevragen. Zelfs als je gokt, heb je nog een kans.

Onder aan de pagina staan tekeningen van een aantal staten en het is de bedoeling dat je daar de juiste naam bij zet.

Een lijkt op een bobbelige banaan waarop iemand heeft gestaan. Het zou best eens Florida kunnen zijn. Een andere staat heeft de vorm van een pot met een handvat en zo eraan. Ik noem hem... Montana. De kans dat het goed is, is een op vijftig. Dat is altijd nog beter dan de loterij.

'En... de tijd zit erop,' zegt meneer B. 'Pennen neer.'

En hoe moet dat nu met al die vragen die ik nog moest

doen? Al die witte vlekken op de pagina. Het zijn net solda-ten op een slagveld aan wie ik beloofd heb dat ik zou terug-komen. Maar ik kan ze niet redden.

'Geef je bladen maar naar voren door.'

Als ik de bladen van de twee kinderen achter me krijg, gluur ik even wat ze hebben ingevuld.

O, nee! De hoofdstad van Texas is een of andere plaats die Austin heet. En de staat die de vorm van een pot heeft, is Oklahoma.

De banaan heb ik tenminste goed. Dat moest ook wel, ik heb er genoeg van op. Volgens mijn pa zijn bananen goed voor de hersenen, dus ben ik op bananendieet gegaan. Dat zijn drie bananen per dag, zelfs wanneer ik ze niet meer kan zien.

Ik eet alles om mijn hersenen te laten groeien.

10

Ik zit op het gras bij de hoofdingang te wachten tot mijn vader me na school oppikt.

'Hé, Todd,' zegt een stem. Niet 'Hé, Gump' of 'Hé, meneer De Achterlijke'.

Ik kijk om en het is Harvey.

'Hallo, Harvey.'

Hij komt naast me zitten. Ik kijk om me heen om er zeker van te zijn dat niemand kijkt. Harvey is een goeie gozer, maar hij heeft altijd van die vlekken op zijn overhemd en zijn broeken zijn veel te kort. Hij heeft geluk dat er geen mensen worden vermoord omdat ze slordig zijn.

'Hé, je weet nog wie ik ben!' zegt hij, alsof het een wonder is.

'Natuurlijk weet ik nog wie je bent.'

Sinds ik van klas veranderd ben, praten de kinderen van de B-klas niet meer zo veel met me. Ze denken dat ik nu een of andere knappe kop ben. De eerste schooldag zag Harvey me de klas van meneer Blaylock ingaan.

'Waar ga je naartoe?' vroeg hij.

Ik vertelde hem dat ik niet meer in B zat.

'Wauw,' zei hij, en keek langs me heen de vijfde klas in. 'Wat eng.'

Ik haalde mijn schouders wat op. Het was inderdaad eng. Toen ik in de deuropening stond, wilde ik hem echt even achternalopen naar de B-klas, waar nooit iets eng was.

Nu steekt hij zijn hand in zijn jaszak. 'Ik heb iets voor je,' zegt hij. Hij geeft me een verfrommelde papieren zak. 'Deze is van Eva. Ik moest van haar zeggen... Ze zei: "Geef dit aan Todd, dan hoeft hij niet tegen me te schreeuwen." Ja, dat zei ze.'

Harvey staat nu op.

'Hé, daar is mijn vader,' roept hij, verbaasd alsof hij net Bigfoot of zo heeft gezien, en zijn vader hem niet elke dag op dezelfde tijd ophaalt. 'Ik moet gaan.' Hij rent over het grasveld naar de wachtende auto.

Ik doe de papieren zak open. Erin zitten twee schelpen, wat zand en een briefje waarop iets met tien verschillende kleuren viltstift staat geschreven.

Er staat:

Beste Todd, ik mis je

Onder de woorden staan wel honderd kruisjes en nulletjes, ofwel knuffels en kusjes. Tenminste, ik denk dat kruisjes kusjes betekenen en nulletjes knuffels. Ik weet niet waarom.

Ik draai het papier om, maar daar staat niets.

Ik wrijf het zand tussen mijn vingers boven de open papieren zak, voorzichtig om niets te verliezen.

Mijn ma pikt me meestal na schooltijd op, maar ze moet nog zeker een uur werken dus komt mijn pa me ophalen. Ik rij liever met mijn ma mee, want van haar mag ik kiezen welk radiostation ik opzet. Mijn vader luistert altijd naar de nieuwszender, die saaie waarbij je in slaap valt.

We rijden naar de bibliotheek om mijn ma op te pikken. Ze werkt daar drie dagen per week, zoekt daar voor iedereen boeken op en beantwoordt vragen.

'En wat heb je vandaag allemaal geleerd?' vraagt mijn pa. 'Nog iets aardigs?'

'Ik heb gehoord dat apen werktuigen gebruiken,' zeg ik.

'O, is dat echt? Misschien moeten we er dan eens een laten komen om de garagedeur te repareren.'

Ik lach. 'Niet dat soort werktuigen. Ze pakken takjes en steken die in mierennesten om de insecten eruit te halen waarna ze ze kunnen opeten. En ze gebruiken stenen om noten te kraken.'

'Insecten en noten? Hou op, ik krijg er honger van.'

Mijn pa stopt voor de bibliotheek. 'We zijn een kwartier te vroeg,' zegt hij en zet de radio aan om naar het plaatselijke nieuws te luisteren.

'Mag ik naar binnen, naar ma toe?'

'Als je nu gaat, mis je de verkeersberichten.'

'O.' Ik laat me terug in mijn stoel zakken.

'Ik hou je voor de gek, knul,' zegt hij. 'Ga maar naar je moeder.'

Ik spring uit de auto en ga naar binnen. Het is maar een kleine bibliotheek en ik heb haar dan ook zo gevonden.

Mijn ma is op de jeugdafdeling. Er liggen allemaal kussens op de grond en overal liggen boeken. Er zit een stel moeders met peuters. De bibliotheek heeft 's middags een voorleesuurtje, met liedjes en poppen en zo. Als mijn ma geen vragen beantwoordt, lees ze 's middags voor.

'Mag ik? Mag ik?' gilt een meisje.

Mijn ma steekt haar gitaar uit zodat het meisje aan de snaren kan plukken. *Twing-twang*. Het meisje gilt weer.

'Niet slecht,' zegt mijn ma tegen haar.

De menigte gaat uiteen en mijn ma begint haar spullen op te ruimen. Ze legt de gitaar in de oude, versleten kist en klikt de sluitingen dicht.

Vroeger zong ze altijd een liedje voor me, zelfs nog voordat ik was geboren. Mijn ma zei dat ze dan de gitaar op haar buik zette boven op me en dan mijn lievelingsliedje zong, het liedje waardoor ik volgens haar altijd ging trappen. Het is een oud liedje, nog uit de tijd dat zij klein was. Het heette 'Wildebras'. Ze zegt dat het mijn liedje is, want dat was ik ook voordat ik geboren was.

'Je was net een kleine kungfu-meester,' vertelde ze. 'Alsmaar aan het trappen, heen en weer aan het gaan en salto's aan het maken daarbinnen.'

Mijn ma ziet me nu. 'Todd. Kom eens helpen opruimen.'

Ik leg de boeken terug op de plank voor haar en pak de vingerpoppetjes van de grond. Het zijn allemaal boerderijdieren met kraaloogjes.

Tegen de tijd dat ik alle kussens op een stapel heb gelegd, heeft de andere bibliothecaresse iedereen eruit gegooid en ze beginnen de lichten uit te doen.

'Laten we opschieten, anders worden we nog opgesloten,' zegt mijn ma en ze gaat haar jas halen.

Opgesloten worden in de bibliotheek zou in mijn toptien van nachtmerries staan. Opgesloten zijn met al die boeken die veel te moeilijk voor me zijn, al die pagina's vol feiten die ik zou moeten kennen. Voor mij is dat nog erger dan moordlustige haaien of bloeddorstige geesten.

Mijn ma en de andere bibliothecaresse sluiten af en ik help mijn ma de tas met boeken naar de auto te dragen.

'Hoe gaat het met mijn rock-ster?' vraagt mijn pa als mijn ma haar gitaar naast me op de achterbank legt.

'Hongerig,' zegt ze.

'Echt? Todd vertelde me net hoe we mieren kunnen eten.'

'Zo hongerig ben ik nu ook weer niet,' zegt mijn ma. Ze begint wat andere radiozenders te zoeken.

'Hé, ik was naar het nieuws aan het luisteren.'

Ma blijft zoeken. 'Nee, we moeten iets levendigs hebben, iets dat ons hart sneller laat slaan, hè, Todd?' Ze kijkt me even over de hoofdsteun aan.

'Klopt.'

Mijn ma vindt wat funky dansmuziek en zet het geluid iets harder. Mijn pa gromt en schudt zijn hoofd, en hij rijdt weg naar huis. Mijn ma trommelt met haar vingers op het dashboard en als we voor het eerste stoplicht moeten wachten, tikt mijn pa zelfs met zijn duimen tegen het stuur, precies in de maat.

Zelf geef ik een drumsolo op mijn ma's gitaarkoffer. Het zat me altijd dwars dat ze liedjes zong voor andere kinderen.

Ik bedoel, ze moet dat voor mij doen, en misschien voor Christie. Ze is ónze moeder. Maar toen vertelde ze dat ze mijn liedje nooit voor een ander zingt.

'Je bent mijn eigen wildebras,' zei ze.

Toen was het goed.

11

'O, ik moet rennen,' zegt mijn pa, terwijl hij een half broodje met spek in zijn mond propt en zijn jas van de rugleuning grist. Hij geeft mijn ma een spekkus op haar wang.

'Todd,' zegt hij, terwijl hij doorslikt, 'jij weet wat je te doen staat?' Hij zegt dat op een manier alsof ik een spion ben die moet infiltreren of zo.

Ik knik. Ik moet de bladeren van de voortuin harken. En daar krijg ik dan vier dollar voor.

Het is zaterdag, maar hij moet overwerken op de fabriek. Daar rijdt hij op een vorkheftruck die wel drie ton kan tillen.

Als mijn pa weg is, gaat mijn ma verder het ontbijt klaarmaken. Iets met eieren. Op zaterdagochtend moet ik van mijn ma altijd eerst ontbijten voordat ik tekenfilms mag kijken. Dat is de regel.

'Je ziet er nog slaperig uit,' zegt ze. Haar haar zit in de war van het slapen. Ik vind het leuk hoe ze er 's morgens uitziet voordat ze zich opmaakt. Alleen wij krijgen haar echte gezicht te zien. De rest ziet alleen haar opgemaakte gezicht.

'Ik heb nachtmerries gehad,' zeg ik.

'Wat voor soort nachtmerries?'

Mijn ma breekt de eieren boven een hoopje geraspte kaas dat in het midden ligt. Het zal wel een omelet worden.

'Van die gekke dromen waarbij de schoolbus verdwaalt en de hele klas uiteindelijk op een onbewoond eiland terechtkomt. Behalve insecten en bananen is er niets te eten. Dus de kinderen spreken samen af dat ze mij als lunchhapje gaan nemen. Ik begin te rennen, maar zij zijn sneller dan ik en ze jagen me na totdat ik van een klip val. Maar vlak voordat ik de grond raak, word ik wakker.'

'Dat is een nare droom,' zegt mijn ma.

Ik hoor een gesnuif achter me. Christie zegt: 'De volgende keer dat je naar bed gaat, neem dan een parachute mee.'

Ik probeer iets terug te zeggen. Voor één keer wil ik ook eens iets zeggen. Maar het duurt te lang en zij begint weer te praten.

'Wat ben je aan het klaarmaken?'

Mijn ma geeft haar een glas sinaasappelsap. 'Ga maar op de bank zitten, dan breng ik je zo je ei.'

Christie gaat naar de huiskamer en ik hoor haar de televisie aanzetten.

'Ma, ze heeft de televisie aangezet. Nog voor het ontbijt,' zeg ik.

'Ach, laat haar maar kijken. Blijf nog even bij me.'

Mijn ma begint bananen fijn te prakken voor haar sapje. Ze doet wat melk in de mixer en gooit er nog wat van dat groene poeder bij dat is gemaakt van groenten en zeewier en van dat gras dat je kunt eten. Ik noem het Vijversap, want het ziet er net uit alsof je met je glas in een vijver met kikkers hebt geschept en er dat groene, slijmerige spul hebt uitgehaald.

'Kunt u voor mij ook wat maken?' vraag ik.

'Je vindt mijn groene sap vies,' zegt mijn ma.

'Ja. Maar volgens pa is het goed voor de hersenen.'

Mijn ma doet er wat extra poeder en fruit bij. 'Nou ja, dat is het ook.'

Ze zet de mixer aan en schenkt dan voor haar en voor mij een glas in. Ik hou mijn adem in, doe mijn neus dicht en probeer zo snel mogelijk alles op te drinken. Het lukt bijna. Het Vijversap komt langs mijn neus terug naar buiten. Ik zet het glas op het aanrechtblad en mijn ma geeft me wat stukken keukenrol.

'Lekker hè?' zegt ze en schudt glimlachend haar hoofd.

Ik gebruik een stuk van de keukenrol om de kikkersoep uit mijn neus te snuiten.

'Het smaakt als modder met bananen,' zeg ik.

Mijn ma snijdt met de spatel de omelet in tweeën en geeft me een bord. 'Hier, dan proef je het niet meer.'

Ze brengt de andere helft naar Christie.

Ik gebruik het laatste stuk keukenrol om mijn tong af te vegen.

'Schat, laat je niet door je zus op je kop zitten,' zegt mijn ma als ze terugkomt en een slok van haar sap neemt.

'Ze weet elke keer weer een rotopmerking te maken.' Ik begin aan mijn ei.

'Dat is een vervelend trekje van haar. En ze hoeft niet naar haar woorden te zoeken. Maar maak je geen zorgen, daar werken we wel aan. En we leren haar hoe ze eens wat aardiger kan zijn.'

'Succes,' zeg ik.

Mijn ma lacht naar me. Als andere mensen naar me lachen, moet ik altijd maar raden waarom ze lachen. Misschien steken ze de gek met me, lachen ze zomaar, of wachten ze totdat ik het verkeerde antwoord geef. Maar bij mijn ma is het anders, haar lach betekent maar één ding en wel dat ze van me houdt.

'Vertel me eens wat meer over je droom,' zegt ze. 'Als je erover vertelt, gaan je nachtmerries soms weg.'

Ik vertel haar hoe het onbewoonde eiland eruitzag. En dat ik het gevoel had dat ik echt van die klip viel, met de wind die in mijn gezicht blies en mijn maag die omdraaide.

'Wat eng,' zegt mijn ma.

'Ja. Net als school.'

12

Harken is een hele klus. Ik wou dat ik net zo'n blaasgeval had als die kerel aan de overkant. Hij hoeft geen zware hark overal naartoe te slepen. Het enige wat hij hoeft te doen is richten en blazen. Ik vraag me af of ik dat met de haardroger van Christie ook zou kunnen.

Maar we hebben waarschijnlijk geen verlengsnoer dat lang genoeg daarvoor is.

Ik ga naar een hoek van het grasveld en begin te harken. Bij ons huis staan twee bomen. Een in de voortuin en een achter. Maar vanuit de tuin van de buren komen ook bladeren deze kant uit waaien, waardoor er hier een heel bladerenwoud ligt, voldoende om alleen in de voortuin al een hele vuilniszak mee te vullen.

Afgelopen herfst hadden we in de B-klas een bladerenproject en Eva kwam toen naar hier om de mooie exemplaren te verzamelen.

We hadden acht verschillende bladeren nodig. Juffrouw Wisswell zou ons laten zien hoe we daarvan een boekje met gedroogde bladeren konden maken. Als je ze op de juiste manier perst, houden ze dezelfde kleur en verouderen ze niet, net als mummies, zei juffrouw Wisswell. Mummiebladeren.

'Hoe heet deze?' vroeg Eva toen we het grasveld afstruinden.

Ze stak een blad omhoog en ik keek in de gids om te zien van welke boom het afkomstig was.

Maar elke keer had ze weer een ander blad en ze bleef maar vragen, dus begon ik gewoon zelf namen te verzinnen.

'Wat is dit?' zei ze.

'O, dat is Larry.'

'En deze?'

'Dat is King Kong.'

'Je bent gek,' zei ze lachend. 'Koning Gek.'

Toen pakte Eva een blad en zette het op mijn hoofd als een kroon.

Uiteindelijk nam ze vijftig bladeren mee, want ze kon maar niet kiezen welke de mooiste waren. Elk blad had een ander kleurpatroon en ze was gek op kleuren.

Als ik klaar ben met het harken van de voortuin, heb ik een bladerhoop die tot aan mijn borst komt. Ik sleep de hark naar achteren en blijf ondertussen doorgaan.

Onder de eik in de achtertuin staat geen merkteken of iets, geen kleine grafzerk, maar ik weet precies waar Psycho begraven ligt. Ik heb daar zonnebloempitten voor hem achtergelaten. Ik weet dat de vogels en de eekhoorns ze weghalen, maar ik leg ze er toch.

Ik blijf maar spullen van hem in mijn kamer vinden. Gisteravond vond ik een van zijn wc-rolletjes waar hij altijd op zat te kauwen. Ik moest toen denken aan de keer dat Eva en ik een hindernisbaan voor hem hadden gemaakt. We hadden lege keukenrollen weggezet waar hij doorheen moest rennen, hadden hordes gemaakt van aan elkaar geplakte lollystokjes en een helling van karton waar hij moest opklimmen.

We waren hem aan het trainen voor de Olympische Spelen voor muizen. Maar hij dacht er anders over. Ik heb wel eens gehoord van muizen die zich een weg banen door een ingewikkelde doolhof om bij kaas en zo te komen, maar Psycho was niet zo'n muis.

Eva hield op haar horloge de tijd bij om te zien hoe snel hij ging. Als ik 'start' zei, dan liet ze hem los.

Hij liep goed de eerste tunnel in, maar wilde er niet meer uitkomen. Na een seconde of twintig liet ik me zakken en legde mijn hoofd op de grond om te zien waar hij bleef. Daar lag hij, midden op de hindernisbaan, een dutje te doen.

'Hé, wakker worden,' zei ik. 'Dit is een wedstrijd.'

Maar hij bleef gewoon liggen, met zijn ogen dicht en droomde muizendromen.

'Hier,' zei Eva. 'Probeer eens een zonnebloempit.'

Ik hield de pit aan het einde van de tunnel en bewoog hem wat heen en weer zodat hij hem kon ruiken, maar hij verroerde zich niet.

'Wakker worden! Wakker worden!' riep Eva naar hem.

'Wat is er aan de hand?' zei Christie die bij mijn kamerdeur stond. 'Wat moet al dat lawaai?'

'Psycho is bezig het hindernisparcours af te leggen, alleen rent hij niet meer. Hij is in de rol in slaap gevallen en wil er niet meer uitkomen. Zo verliezen we veel tijd,' zei Eva en dat allemaal in één adem. Als ze opgewonden wordt, blijft ze maar doorgaan tot ze geen adem meer heeft. 'Wacht even. Ik weet het. Pindakaas. Dat is zijn lievelingskostje. Hebben jullie pindakaas?'

Christie knikte. 'Ja, beneden in de koelkast.'

'Vlug, we moeten wat halen.' Eva stond op, greep mijn zus bij de hand en trok haar de deur uit. 'Volgens mij vindt hij pindakaas met stukjes het lekkerst.'

Voordat ze de gang in verdween, wierp Christie me nog snel een blik toe die zei: 'Waar neemt dit gekke kind me nu weer mee naartoe?'

Andere keren had Christie het thuis voor het zeggen, maar als Eva eenmaal bezig is, kan niets haar meer tegenhouden.

Ze waren in een recordtijd terug met een pot pindakaas met stukjes. Christie deed de pot open en Eva lepelde er wat met haar vinger uit. Ze bukte zich en stak haar vinger in het einde van de tunnel.

We waren allemaal even doodstil, benieuwd of het zou lukken. Toen gaf Eva een gilletje. 'Hij knabbelde net aan mijn vinger.'

Psycho stak zijn kop naar buiten en keek om zich heen. 'Nu de horden,' zei ik. 'Kom, over de horden.'

Hij snufte met zijn neus in de lucht alsof hij op zoek was naar meer pindakaas. Eva hield hem de vinger voor waaraan hij had geknabbeld en loodste hem naar de eerste horde. Muizen houden er niet van veel te springen, tenzij je ze bang maakt en dan nog springen ze alleen recht omhoog. Dus wandelde Psycho zo ongeveer over de horde en gooide hem nog om ook.

Er waren nog drie vingers uit de pindakaaspot voor nodig om hem door de laatste tunnel en over de eindstreep te krijgen.

'De tijd?' vroeg ik.

Eva keek. 'Hij heeft er vijf minuten en vijfenveertig seconden over gedaan. Het drie minuten durende dutje in de tunnel meegerekend.' Ze draaide zich om naar Christie. 'Is dat goed?'

'Hoeveel muizen hebben er dit parcours al gelopen?'

'Hij is de eerste,' zegt Eva.

'Tja, dan heeft hij een record gevestigd, hè?' zei Christie, en ze knielde naast haar neer om Psycho met haar pink een tikje tussen zijn oren te geven.

Omdat we geen gouden medaille voor hem hadden, gaf ik Psycho een hele berg zonnebloempitten.

Als ik in de achtertuin klaar ben met het bijeenharken van de bladeren, ga ik een vuilniszak halen. Het is een felgele en oranje zak. Als Eva hier was, dan zou ik de zak aan haar geven. Hij ziet er te mooi uit om afval in te doen.

Ik neem hem mee naar Psycho's plekje onder de eik. Als de zon op de juiste manier op de zak schijnt, lijkt hij wel van goud.

13

Toen ik nog in de tweede klas zat en alles geloofde wat Christie zei, vertelde ze me dat krijtjes gemaakt werden van de botten van dode mensen. Ze zei dat ze skeletten tot poeder maalden, daarna het poeder smolten en alles vervolgens in krijtvormen goten. Dus elke keer als de leerkracht iets op het bord schreef, kreeg ik de bibbers.

Inmiddels weet ik wel beter, maar ik krijg nog steeds het gevoel alsof er een spin over mijn rug loopt als meneer Blaylock het krijtje pakt en ermee gaat schrijven.

'Laten we het nu eens hebben over het onderwerp van jullie geschiedeniswerkstuk,' zegt meneer B. 'Over precies tien dagen moet het klaar zijn. Het moet minstens twee pagina's groot zijn. Dat zijn twee geschreven pagina's. Als je wilt, kun je er ook een illustratie bij doen. Een tekening, een schilderstuk, wat je maar wilt.'

Hij gaat van het bord weg zodat we kunnen zien wat hij heeft geschreven.

OTA BENGA.

Hij zet er twee strepen onder.

'Jackie, kun je deze bladen even uitdelen?'

Hij geeft haar een stapel papier en ze loopt de rijen langs om ze uit te delen.

'Ota Benga,' zegt meneer Blaylock, 'was de naam van een man uit Afrika die in 1906 in het apenverblijf van de Bronx Zoo werd tentoongesteld. Hij was, zoals ze dat noemden, een pygmee, dat is een ras van kleine, donkere mensen in Afrika. Zo, wie van jullie zijn er al eens naar een dierentuin geweest?'

Iedereen stak zijn hand op.

'Wat hebben ze allemaal in een dierentuin?'

Leeuwen, zegt iemand. Pinguïns, zegt een jongen die vooraan zit. Beren, zegt weer iemand anders. Papegaaien. Olifanten. Krokodillen. Ik hou mijn mond, want ik wil zeggen: chimpansees. Maar wat als ik het fout heb?

'En, wat hebben deze allemaal gemeen?' vraagt meneer Blaylock. 'Jackie?' Hij vraagt het aan haar omdat zij altijd als eerste haar hand opsteekt. Over een paar jaar heeft ze net zo'n grote arm als de Hulk omdat ze haar hand zo vaak omhoog doet.

'Het zijn allemaal dieren,' zegt ze.

'Precies. Dus waarom zouden ze deze man, Ota Benga, dan in een dierentuin houden?'

Ik steek mijn hand niet meer op. Het heeft toch geen zin. Maar ik denk dat deze man misschien een misdaad begaan heeft, misschien heeft hij een auto gestolen waardoor ze hem in de dierentuin hadden weggezet.

'Misschien omdat hij iemand vermoord heeft?' zegt Zero.

Meneer Blaylock schudt zijn hoofd naar hem. Het doet me goed dat dat hoofd nu eens niet mijn richting uit schudt.

'Nee. Als je iemand vermoordt, ga je naar de gevangenis. Niet naar de dierentuin.'

Meneer Blaylock wacht even of er nog een antwoord komt. Maar niemand reageert. Meneer Blaylock kijkt de klas rond. Ik kijk naar de grond.

'De enige reden dat ze een mens in een dierentuin hielden, was omdat ze dachten dat hij gewoon een ander dier was, zoals een nijlpaard of een gorilla.'

Hij steekt zijn hand omhoog en trekt het filmscherm naar beneden dat boven het bord hangt.

'Ik ga jullie nu wat dia's tonen zodat jullie kunnen zien hoe Ota Benga eruitzag. Ronald, wil jij alsjeblieft de gordijnen dichtdoen?

Meneer Blaylock doet het licht uit en loopt naar de achterkant van de donkere klas. Op het scherm is nu een helder wit vierkant te zien. Daar klinkt het geklik van de diaprojector.

Op de plaats van het witte vierkant is nu een afbeelding te zien van een man met een donkere huidskleur die een chimpansee vastheeft. Hij is gekleed als Tarzan. Hij draagt geen overhemd of zo, alleen een of andere doek die rond zijn middel is geknoopt in plaats van een broek. Hij kijkt triest en de chimpansee ook.

'Deze foto is in het park in de Bronx Zoo genomen. Dat is Ota Benga met een chimpansee, Polly geheten, die net als Ota uit de Congo kwam. De Congo is een land precies in het midden van Afrika.'

De projector klikt opnieuw.

'Op deze dia laat Ota zijn puntige tand zien. Veel verschillende volkeren ter wereld vijlen hun tanden tot scherpe punten. Ze doen dat niet omdat dat makkelijker is bij het eten of het vechten, maar omdat ze dat mooi vinden. Hier in Amerika dragen we beugels om onze tanden recht te zetten. De pygmeeën slijpen hun tanden. Dat ziet er eng uit, hè?'

Ik knik. Die tanden zien er scherp genoeg uit om glas mee te snijden.

'Voor een kwart dollar kon je een foto van Ota Benga en zijn scherpe tanden maken. Soms zeiden de verzorgers van de dierentuin dat hij tegen de tralies van zijn kooi moest springen en zijn tanden moest ontbloten naar de kijkende menigte.'

Bij de volgende klik verschijnt er een nieuwe afbeelding op het scherm.

'Hier staat hij met enkele pygmeevrienden op de Wereldtentoonstelling in St. Louis, begin vorige eeuw. Een Amerikaanse ontdekkingsreiziger bracht de pygmeeën van Afrika naar de expo om hen tentoon te stellen. De pygmeeën werden wilden genoemd en als dieren behandeld om het publiek te vermaken.'

Op het scherm stonden ze allemaal dicht bij elkaar, wachtend totdat het moment dat er foto's genomen mochten worden voorbij was, denk ik.

Meneer Blaylock zet de projector uit en doet het licht weer aan.

'De komende dagen zullen we het tijdens de geschiedenislessen vaker over Ota Benga hebben. In de bibliotheek staan volop boeken over de Congo en over Afrika. En je kunt ook naar de mediatheek om op de computer op zoek te gaan naar informatie over Afrika, de volkeren die er wonen, de gebieden en de dieren. De afbeeldingen die ik jullie heb laten zien, staan op jullie werkbladen.'

Hij trekt het scherm weer op zodat we het bord weer zien. OTA BENGA.

'Hij vormt het onderwerp van jullie werkstuk. Ota was vanuit de Afrikaanse wildernis overgebracht naar New York City. Overdag moest hij zijn kunstjes laten zien in zijn kooi en 's avonds sliep hij in een hangmat in het apenverblijf. Je kunt iets schrijven over het leven in de Congo en over Ota's volk. Of je kunt schrijven over New York rond het einde van de negentiende, begin twintigste eeuw en over de Bronx Zoo. Jullie mogen zelf beslissen. Maar ik wil wel dat je het verhaal ophangt aan Ota. Vertel me hoe jullie denken dat zijn leven was.'

Meneer Blaylock doet de gordijnen open om de middagzon binnen te laten. 'Het gaat deze keer niet over goede of slechte antwoorden. Het gaat om jullie ideeën erover. Denk eraan dat het twee pagina's lang moet zijn, en dat betekent niet dat je groot moet schrijven, Ronald.'

Iedereen lacht, maar nu eens een keer niet om mij.

Ik kijk de afbeeldingen op onze werkbladen door. De foto waarop Ota de chimpansee Polly tegen zich aan klemt, vind ik wel leuk. Ze kijken treurig en ze zijn een heel eind van huis, maar ze zijn tenminste bij elkaar.

14

Na school gaan mijn pa en ik naar de kapper om ons te laten scalperen. Mijn haar was net weer wat aan het groeien en begon er weer normaal uit te zien, maar volgens mijn pa begin ik er onverzorgd uit te zien. Ik wil hem steeds zeggen dat ik niet in het leger zit of zo. Maar volgens mij maak ik deel uit van mijn pa's eigen keurtroepen, waar alleen hij en ik in zitten.

Zelfs mijn muis, Psycho, had langer haar dan ik als ik gemillimeterd ben. Ik wil niet rondlopen met een kop die kaler is dan een muis. Maar ik wil mijn pa ook niet teleurstellen. Hij vindt het leuk als we er hetzelfde uitzien.

Als we bij de kapper komen, zitten er al een paar mannen op hun beurt te wachten. Er hangen overal spiegels zodat je je hoofd vanuit elke hoek kunt bekijken. En je kunt naar de grote tv kijken, zelfs als je stoel de verkeerde kant uit staat. Er begint nu een wedstrijd American football. Het zijn de *Bills* tegen de *Dolphins*.

'Jullie zullen een kwartiertje moeten wachten,' vertelt Larry de kapper ons.

'Geen enkel probleem,' zegt mijn pa. 'Ik moet alleen nog even wat pakken. Hou jij die kleine van me even in de gaten, Larry?'

70

'Natuurlijk.'

Mijn pa zegt dat ik naar de wedstrijd moet kijken en dat hij zo terug is. 'Wie moeten er voor ons winnen?' zegt hij.

'De *Dolphins*,' zeg ik. Mijn pa is al sinds zijn jeugd een groot Miami-fan.

Hij gaat weg en ik kijk hoe de *Bills* de aftrap verknallen door al meteen de bal kwijt te raken.

'Moet je daar zien,' zegt Larry. 'Hij krijgt een miljoen dollar om de bal kwijt te raken. Ik kan het voor niets.'

De andere mannen brommen over de belachelijke bedragen die spelers verdienen. Ik knik met hen mee.

De man die naast ze zit, staat op om geknipt te worden. Ik ben dus de volgende die aan de beurt is. De *Dolphins* maken een touchdown. Dat mijn pa dit zomaar mist!

'Ik ga mijn pa halen,' zeg ik tegen Larry.

'Dat is goed, knul.'

Mijn pa zal wel blij zijn dat de *Fish* nu aan het winnen zijn. Ik loop langs een paar winkels en kijk door de etalageramen of ik hem zie. Dan kijk ik naar de parkeerplaats. Daar staat hij, geleund tegen de motorkap van een auto.

En hij is aan het roken! Mijn pa is aan het roken!

Mijn ma zal dat helemaal niet leuk vinden. Ze zegt steeds tegen hem dat hij nog eens een hartaanval krijgt als hij niet stopt. En hij heeft haar beloofd dat hij niet meer zou roken. Ik heb het hem zelfs horen zeggen, met zijn hand op zijn hart.

Hij ziet dat ik naar hem sta te kijken en hij komt van de motorkap af en gooit de sigaret op de parkeerplaats.

'Zijn wij aan de beurt?' vraagt hij terwijl hij op me af loopt.

Ik knik. 'Bijna.'

Hij pakt een stukje kauwgom uit zijn zak, echte kauwgom, niet die voor rokers. 'Een kauwgommetje?'

Ik neem ook een stukje. Als hij gerookt had, nam hij altijd kauwgom met muntsmaak om zo zijn rokersadem te verdoezelen. Terwijl we daar even staan te kauwen, kijken we naar de mensen die voorbijkomen.

'Het is moeilijk,' zegt mijn pa uiteindelijk.

Aanvankelijk denk ik dat hij het over de kauwgom heeft. Maar dan snap ik het.

'Ik weet dat het niet goed is om geheimpjes te hebben,' zegt mijn pa. 'Maar denk je dat we dit geheim kunnen houden voor je moeder? Ik ben namelijk echt aan het stoppen. Er zijn alleen dagen bij dat mijn hersenen schreeuwen om een sigaret.'

Ik knik, ook al snap ik er niets van.

'Ik zal het niet vertellen,' zeg ik. Ik vind het eigenlijk wel leuk om samen met mijn pa een geheim te hebben.

'Ik wil je moeder niet teleurstellen,' zegt mijn pa.

'Ja. Kan ik u dan ook een geheim vertellen? Een heel groot geheim?'

'Ga je gang.'

Ik zat te springen om het iemand te vertellen net zoals mijn pa zat te springen om een sigaret. 'Ik doe het niet al te geweldig in de vijfde. Het is echt moeilijk en ik doe echt mijn best. Ik had een voldoende voor mijn aardrijkskundeproefwerk. Maar ik weet niet of ik het zal halen.'

Mijn pa knikt. 'Die leerkracht van je, meneer...?'

'Meneer Blaylock.'

'Ja. Tijdens de laatste ouderavond vertelde hij dat hij na schooltijd nog een half uur bijles geeft voor als je wat extra hulp nodig hebt.'

Dat is net waar ik op zit te wachten, nog langer naar school. 'Dat weet ik. Jackie Williams gaat daarnaartoe en ze is wel honderd maal slimmer dan ik. Ze heeft het niet eens nodig. Haar hersenen zitten zo vol dat haar hoofd nog eens ontploft.'

Mijn pa lacht. 'Maar dan kun je het nog wel proberen. Je krijgt dan in ieder geval extra aandacht van de leerkracht. Hij lijkt me een aardige vent.'

'Dat geloof ik ook wel.'

We lopen terug naar de kapperszaak.

'Nog niet tegen ma vertellen, hè?' vraag ik. 'Volgens meneer B. kan ik nog steeds overgaan als mijn resultaten volgende maand beter zijn. Ik wil ma niet teleurstellen.'

Mijn pa spuwt zijn kauwgom in de vuilnisbak, dus doe ik dat ook.

'Je zult haar niet teleurstellen,' zegt hij. 'Je doet erg je best. Maar ik weet wat je bedoelt. Ik wil haar evenmin teleurstellen.'

Voordat we terug de kapperszaak ingaan, blijf ik staan en zeg: 'Mag ik nog een geheim vertellen?' Ik haal diep adem en flap het er dan uit. 'Ik wil mijn haar niet meer zo kort.'

'Waarom niet? Het is toch een prima kapsel. En los daarvan, je ziet er nog cool uit ook. Niemand zal vervelend tegen je doen.'

Hoe moet ik het aan hem uitleggen? Soms is het net of hij van een andere planeet komt.

'Misschien was het cool toen ú nog jong was. Maar als ik nu van de kapper terugkom, noemen ze me Gump op school, vanwege die film met die man met zijn belachelijke kapsel. Ik wil er alleen maar uitzien zoals alle anderen.'

Mijn pa lacht naar me. Ik weet niet waarom.

'Ik zei hetzelfde tegen mijn vader. Een eeuwigheid geleden. Alleen had hij een paardenstaart en wilde hij dat ik er ook een had.' Mijn pa haalt zijn schouders op. 'Goed. Maar dan noem ik je van nu af aan Pluizenbol.'

Dat is waarschijnlijk de beste naam die ik ooit gehad heb, misschien nog wel beter dan Todd.

Waarschijnlijk omdat alleen mijn vader me zo zal noemen.

15

Onze klas gaat naar de bibliotheek om materiaal te verzamelen voor ons werkstuk over Ota Benga. Jackie en een paar andere kinderen gebruiken de computer en zoeken op cd-roms dingen op.

We zitten in de bibliotheek waar we ieder voor onszelf moeten werken.

'Dat betekent niet praten en geen briefjes doorgeven,' zegt meneer B. Net als in de gevangenis.

Ik staar naar de kaft van een boek over olifanten. Ik word altijd zenuwachtig van bibliotheken, al die duizenden boeken om me heen. Er staan er te veel om ze allemaal te lezen. Die achterstand zal ik nooit wegwerken.

Ik zit met mijn rug naar het raam en voel de zon. Ik doe mijn ogen dicht en verbeeld me dat ik buiten ben, dat ik op een bank zit te kijken naar olifanten die voorbijkomen. Dan hoor ik ergens in de verte Eva's stem.

'Wat is dit er voor een?' roept ze naar iemand.

Ik draai me op mijn stoel om om naar buiten te kijken. Het raam staat iets open en ik hoor de mensen buiten. De bibliotheek bevindt zich op de tweede etage, dus ik kijk neer op een stel kinderen op het veld naast de school.

'Dat is weer een kwarts,' antwoordt juffrouw Wisswell. Ik herken haar stem uit duizenden.

Beneden op het speelveld is de B-klas stenen aan het opgraven en in de modder aan het zoeken.

'Doe die maar in je emmer,' zegt juffrouw Wisswell. 'Als we weer in de klas zijn, zoeken we ze wel uit.'

Stenen zoeken. Ik weet nog dat juffrouw Wisswell zei dat we dat dit jaar in de klas zouden doen. Ik en Eva hebben al een stenenverzameling. Die van mij ligt uitgestald op de vensterbank op mijn kamer. Eva bewaart die van haar in een schoenendoos zodat ze niet stoffig worden.

Ik zie Harvey met uitgestoken hand naar juffrouw Wisswell rennen.

'Goud! Ik heb goud gevonden!'

'Laat eens zien,' zegt juffrouw Wisswell. Ze houdt het in het zonlicht. De andere kinderen drommen om haar heen. 'Het ziet er inderdaad uit als goud, hè' zegt ze en laat het steentje aan iedereen zien. 'Maar in werkelijkheid is het pyriet, fopgoud noemen sommigen het ook wel. Het is niets waard, maar het is wel mooi, vind je niet Harvey?'

'Mag ik het houden?' zegt hij.

'Natuurlijk. De volledige wetenschappelijke naam is ijzerpyriet. Ik onthoud de naam door te denken aan "ijzerpiraten". Je weet wel, zoals piraten die in grote schepen de zee afschuimen en hun schat begraven op onbewoonde eilandjes.'

'We hebben het vorig jaar over schatkaarten gehad,' zegt Eva.

Juffrouw Wisswell knikt naar haar. 'Dat klopt. Dus als je een ijzerpiraat zou zijn, nam je je fopgoud en begroef het ergens. Waar zou jij je schat begraven, Harvey?' Ze geeft hem het steentje en hij kijkt haar aan met een blik alsof ze net een goocheltruc heeft uitgehaald.

'In mijn kast,' zegt hij. Eva en de anderen lachen en dan moet Harvey zelf ook lachen.

Ik zou ook zoiets gezegd hebben als hij. Het is een vreemd gevoel dat ik hier binnen zit tussen al deze boeken bij mensen die een hekel aan me hebben en zij buiten staan te lachen. Ik zou degene moeten zijn die Eva aan het lachen maakt.

We hebben samen van alles ontdekt. Zoals dat stenen er op hun mooist uitzien als ze nat zijn. En dat je een schok kunt krijgen als je aan een batterij likt. En dat kikkers bang worden en alles laten lopen als je ze te lang vasthoudt.

Het enige wat ik nu ontdek, is wat een stommeling ik ben. En eigenlijk wist ik dat al. In de B-klas was ik vroeger een van de slimsten. De andere kinderen vroegen mij zelfs om hulp.

Ik hielp Eva. En af en toe hielp zij me ook. Ze is niet dom. Ze bijt zich alleen ergens op vast. Als ze bijvoorbeeld bij een proefwerk een antwoord niet weet, dan slaat ze de vraag niet over om er later op terug te komen. Dan blijft ze de vraag maar lezen totdat de tijd om is.

Ik wou dat Eva nu omhoogkeek, dan kon ik zwaaien en zou zij terugzwaaien en was alles weer goed. Maar ze heeft het veel te druk met piratensteentjes opgraven.

16

Ik vraag me af of er wel eens iemand is doodgegaan bij het maken van lange staartdelingen. Ik bedoel... omdat hun hersenen ontploften. Ik probeer 1045 door elf te delen. Elke keer krijg ik een antwoord dat anders is dan het antwoord dat achterin mijn boek staat. Je moet het zo zien: het antwoord staat in het boek, maar meneer Blaylock wil uitgeschreven zien staan hoe je eraan komt. Dus je kunt niet gewoon vals spelen en een rekenmachine gebruiken of het antwoord van het boek overnemen.

Ik heb mijn spullen uitgelegd op de keukentafel. De keuken is de beste plaats om huiswerk te maken, want boven in mijn kamer liggen te veel dingen die me afleiden en dan ga ik toch maar met mijn gameboy spelen of naar tekenfilms kijken.

Maar het vervelende van hier huiswerk maken is dat iedereen binnenloopt en dingen uit de koelkast pakt en dan over je schouder gluurt om te zien waar je mee bezig bent.

Zoals nu. Net als ik met de gum van mijn potlood mijn neus omhoogduw zodat ik eruit zie als een varken, komt Christie binnen. Ze is met mijn ma boodschappen gaan doen in het winkelcentrum en is net terug. Ze zet haar tas met kleren en andere rotzooi aan de andere kant van de tafel.

'Hallo, varkenskop,' zegt ze.

Ik trek vlug weer een normaal gezicht.

Ze heeft van dat glinsterende make-upspul op haar oogleden zitten. Het is de enige make-up die ze van mijn ma buitenshuis mag op hebben. Eva werd helemaal gek toen ze Christie voor het eerst ermee zag. 'Wat heb je op je ogen?' vroeg ze.

'Dat heet glitter.'

Eva wilde dat ook eens proberen, dus gaf Christie haar een flesje met dat spul.

'Ik heb een spiegel nodig,' zei Eva en liep naar de badkamer.

En toen ze terugkwam had ze glitters rond haar ogen, op haar wangen, haar neus en haar voorhoofd. Ze leek wel een kind van een andere planeet.

Christie begon te lachen, maar het was geen gemene lach. 'Volgens mij heb je een beetje te veel gebruikt. Het lijkt wel of je diamantjes uitzweet.'

Toen begon ook Eva te giechelen. Christie hielp haar er wat af te vegen met een badhanddoek. Maar zelfs de volgende dag in de B-klas zag ze er nog steeds wat glinsterend uit.

Christie komt nu naar me toe en draait mijn wiskundeboek om om te zien waar ik mee bezig ben. 'Staartdelingen,' zegt ze. 'Wacht maar tot je geometrie krijgt.'

Ze pakt een fles cola light uit de koelkast.

'Ik weet het niet,' zeg ik. 'Met zulke grote getallen wordt het een stuk moeilijker.'

Ze loopt om de tafel heen en ik hou haar in de gaten voor het geval ze me in de arm knijpt of aan mijn oren trekt. Maar ze wil alleen zien wat ik al in mijn werkschrift heb geschreven.

'Het maakt niet uit hoe groot de getallen zijn,' zegt Christie. 'De regels blijven hetzelfde.' Ze buigt zich voorover om naar mijn berekeningen te kijken. 'Wat je overhoudt moet hier staan, niet daarboven.'

Ze pakt mijn potlood en krast alles door wat ik heb gedaan. Dan schrijft ze het vraagstuk opnieuw op: $11\overline{\smash{)}1045}$.

'Je begint met te kijken of...' loodst Christie me door de deling. Ze gaat altijd te snel, dus ik moet me echt goed concentreren.

Toen we nog klein waren, was het niet erg om een grote zus te hebben. Ik vroeg haar alles en liep haar overal achterna, want zij wist hoe alles werkte. Maar toen ik de laatste was die mijn schoenen leerde strikken, mocht ik van Christie nergens meer met haar naartoe, zelfs niet op mijn gymschoenen met klittenband.

'Zo,' zei ze terwijl ze me het potlood gaf. 'Nu jij.'

Het volgende vraagstuk heeft zelfs nog grotere getallen. Ik begin eraan en zet wat ik overhoud deze keer wel op de juiste plaats. 'Bedankt voor je hulp.'

'Het is al goed, broertje,' zegt ze en neemt een slok van haar cola light. 'Bedank me maar door deze som goed te doen.'

Ik vind het fijn als ze me broertje noemt. Todd betekent eigenlijk niets, maar broertje kan alleen zij zeggen.

17

'Hé, Gump!' zegt Zero, terwijl hij over de rug van mijn stoel in de schoolbus heen hangt. Hij spreekt de p in Gump zo hard uit, dat ik hem in mijn nek voel spugen.

Meneer B. staat met de chauffeur te praten en draait zich om.

'Ronald! Plak die achterkant van je eens vast op je stoel,' zegt hij.

Zero gaat zitten maar blijft tegen de rug van mijn stoel trappen totdat de bus begint te rijden en meneer B. naast me komt zitten. We zitten vlak achter de deuren aan de voorkant.

'En, ben je wel eens in het wetenschapscentrum geweest?' vraagt hij.

'Nee, maar vorig jaar wel in de dierentuin.'

Meneer B. moet ongeveer eens zo groot zijn als mijn pa. Ik vraag me af wat hij at toen hij een kind was. En waar zou ik dat eten kunnen krijgen waar je zulke spieren van krijgt? Maar misschien is hij gewoon groot geboren, net zoals Christie gemeen is geboren.

'In het wetenschapscentrum is ook een mini-dierentuin voor insecten. Daar zijn allerlei soorten insecten en spinnen te zien. Zelfs schorpioenen.'

Ik denk: waarom praat hij met mij? Ik bedoel, waarom niet met Jackie, zij is toch de slimste?

'Tarantula's?' vraag ik.

'O, ja.' Hij zwaait met zijn vingers in de lucht alsof het spinnenpoten zijn. 'Heb je er wel eens een aangeraakt?'

Ik schud mijn hoofd. 'Ze zijn giftig.'

'In het wild zijn ze giftig. Maar als ze als huisdier worden gehouden, wordt het gif eruit gehaald. In het terrarium dat ik in mijn jeugd had, had ik een grote, harige tarantula zitten.'

'Heeft u die wel eens aangeraakt?' vraag ik.

'Ja. Als ze eenmaal aan je gewend zijn, kun je ze aaien.'

Achter ons in de bus zit iedereen te praten.

'Het is tijd om Gumps luier te controleren,' schreeuwt iemand.

'Stil daar achterin,' roept meneer B.

Ik hoor die grap nu al een week. Controleer Gumps luier. Al vanaf dat we in de klas aan het tekenen waren en ik met mijn duim in mijn mond zat. Niet dat ik erop zat te zuigen als een baby. Ik zat er wat op te kauwen. Om me beter te concentreren. Nu houden ze er niet meer over op.

Ik kijk en zie dat meneer Blaylock naar me zit te kijken.

'Weet je, toen ik tien jaar oud was, werd ik regelmatig in elkaar geslagen,' zegt hij.

'Door wie?'

'Door andere kinderen.'

'Maar u bent groot,' zeg ik, alsof hij dat nog niet weet.

Hij knikt. 'Toen was ik ook al groot. Groter dan de

82

andere kinderen. Maar het was net alsof datgene waarvoor ze me uitscholden me in elkaar deed krimpen. Me kleiner maakte.'

Ik kan me niet voorstellen dat iemand meneer Blaylock slaat. Zelfs als hij tot een tienjarige is gekrompen, ben ik ervan overtuigd dat hij me als een insect kan vermorzelen.

'Is dat een waar gebeurd verhaal?' vraag ik. Soms hoor ik een verhaal en denk dan dat het echt is, maar dan blijkt het achteraf verzonnen te zijn. Christie doet dat altijd.

'Waar gebeurd,' zegt hij en hij glimlacht naar me.

Ze treiterden hem net zoals ze met mij doen. Ze scholden hem uit net zoals ze mij uitschelden. Misschien waren het andere scheldwoorden, maar dan nog.

Hij heeft het allemaal overleefd.

18

Ik zit een banaan te eten als de telefoon gaat. Sinds ik een banaan afpelde zonder te kijken en een grote hap nam van een rot, papperig bruin stuk, heb ik een hekel aan bananen. Ik heb mijn tong met tandpasta moeten poetsen om de smaak weg te krijgen. Maar bananen zijn goed voor je hersenen.

Ik doe mijn best niet stil te staan bij wat ik eet als ik de telefoon aanneem.

Voordat ik iets zeg, herinner ik me dat ik de telefoon eigenlijk beter niet kan opnemen, want wat als het Eva is? Wat moet ik dan zeggen?'

Ik stop dan ook met kauwen en luister alleen maar, en ik probeer te raden wie er aan de andere kant van de lijn is door naar de ademhaling te luisteren.

'Is daar iemand?' vraagt een stem. Eva's stem.

Ik vraag me af of ik kan ophangen zonder dat ze merkt dat ik er ben. Maar dan zegt ze...

'Todd? Ben je daar?'

'Ja, ik ben er.'

'Je moet hallo zeggen als je de telefoon opneemt.'

'Hallo.'

'Waar heb je uitgehangen?' zegt Eva. 'Ik probeer je al de hele week te bellen.'

'Nou ja, ik heb de hele tijd bladeren moeten vegen op het grasveld. Dat is mijn taak. Daar heb ik het echt druk mee.' Terwijl ik het zeg, hoor ik hoe dom het klinkt.

'Ik belde je om je te vertellen dat het komende dinsdag 15 oktober is.'

'Wat is er op 15 oktober?'

'Dan ben ik jarig. Ik geef dan thuis een feestje. Alle kinderen van de klas komen. We hebben tweeënhalf verschillende soorten gebak. Die halve is voor Tracy, je weet wel, die is overal allergisch voor, dus dat is gebak waar niets in zit. En we hebben films en karaoke en sterretjes en...'

Eva moet nu stoppen en ik hoor haar hijgen aan de andere kant van de lijn.

Ik zie het al helemaal voor me. Een feestje met alle kinderen van de B-klas die rondrennen en Harvey die iedereen kust die in zijn gezichtsveld komt.

'Ik weet het niet, Eva. Ik heb dinsdag iets te doen.'

Ze is even stil. 'Wat bedoel je?' vraagt ze.

'Ik moet een heel groot werkstuk maken en ik heb veel huiswerk. En ik heb nog een heleboel te doen.' Tegen de meeste mensen kan ik slecht liegen, maar tegen Eva bak ik er helemaal niets van.

'Je moet komen,' zegt ze. 'Ik heb je uitgenodigd. Dan kun je geen nee zeggen.'

Dat is typisch Eva.

'Maar we zijn maatjes,' gaat ze verder als ik niets zeg. 'Met wie moet ik dan karaoke zingen?'

85

'Ik weet het niet,' zeg ik. 'Luister, ik moet gaan. Er klopt iemand op mijn deur.'

'Maar...' begint ze.

'Ik moet gaan,' zeg ik.

'Maar...'

'Het spijt me,' zeg ik. 'Dag.'

Ik heb het warm als ik ophang. Ik zie haar al helemaal voor me aan de andere kant van de lijn, zoals ze in de kamer zit en nog steeds 'maar' in de hoorn zegt.

19

Ik haal mijn opblaasbare wereldbol uit mijn kast. Hij stuitert goed op de hardhouten vloer van mijn kamer. Daar, op de onderste helft van de wereldbol, ligt de Congo, precies in het midden van Afrika.

Daar kwam Ota Benga vandaan.

Ik moet twee pagina's schrijven en er misschien nog een tekening bij maken. Hoe moet ik twee hele pagina's vol zien te krijgen?

'In de bibliotheek staan boeken met wel duizend pagina's,' zei juffrouw Wisswell altijd tegen ons. 'En iemand heeft al die woorden een voor een geschreven. Net als jullie alle woorden een voor een schrijven.'

Zoals zij het zei, klonk het eenvoudig.

Ik pak de werkbladen die meneer Blaylock ons heeft gegeven. De afbeeldingen van de diavertoning staan op de laatste pagina's. Ik plak ze tegen de muur achter mijn bureau.

Ik staar naar de eerste pagina van de stencils en begin te lezen, woord voor woord.

Ota Benga. Ze stopten hem bij de chimpansees en de orang-oetangs in het apenhuis. Ze dachten dat hij ook een dier was. Maar waarom? Ik bedoel, hij ziet er normaal uit.

Uit de afbeeldingen kun je niet opmaken dat hij zo klein is. Hij was zelfs niet eens zo klein als een dwerg. Maar zelfs al was hij zo klein geweest, dan kunnen ze je daar nog niet voor opsluiten. Volgens mijn werkblad was hij een volwassen man, van begin twintig.

Ik stuiter met mijn wereldbol op de grond.

Dit moet ik goed doen! Dit moet ik slim aanpakken, zeg ik tegen mezelf.

Ik doe het voor de rest zo slecht dat ik voor dit werkstuk minstens een acht of een zeveneneenhalf moet halen. Dat moet gewoon. Ik moet wat uit mijn hersenen zien te persen. Ik blijf staan en kijk naar het schilderstuk dat Eva van me gemaakt heeft met de sterretjes die uit mijn hoofd komen.

'Con*go*, Con*go*,' zeg ik op de maat van de stuiterende wereldbol in een poging zo een paar slimme sterretjes wakker te maken.

'Con-go, Con-go.'

Er komt niets in mijn hoofd. Soms herhaal ik een woord zo vaak, zelfs een gewoon woord als appel, dat ik niet meer weet wat het betekent.

Ik ga weer naar mijn bureau om nog wat over Ota Benga te lezen.

Soms mocht hij even vrij door de dierentuin lopen. Hij moest dan een wit pak aan. Het was een soort vermomming zodat hij gewoon kon rondlopen en net als iedereen naar de dieren kon kijken. Met dat pak aan werd hij door de mensen als een gewoon persoon behandeld, niet als een dier.

Tijdens voedertijd, als de verzorgers vanuit grote manden

vis in de lucht gooiden die de zeehonden dan moesten opvangen, hing hij rond bij het zeehondenbassin. Ota bezocht het leeuwen- en het olifantenverblijf. Thuis in Afrika jaagde hij altijd met pijl en boog op de grote olifanten. In de Bronx Zoo lieten ze je dichtbij komen om te aaien en de olifanten trapten niet op hem zoals thuis.

Maar van de verzorgers mocht hij niet te lang in de echte wereld blijven. Dan moest hij zijn pak weer uittrekken en terug zijn kooi in zodat de mensen hem konden bezichtigen. Ota Benga was de populairste attractie in de dierentuin.

De krant *The New York Times* schreef:

> Vrijwel alle mannen, vrouwen en kinderen gingen naar het apenverblijf om de grootste attractie van het park te kunnen zien: de wilde man uit Afrika. Huilend, jouwend en schreeuwend joegen ze hem de hele dag achterna. Sommigen porden hem in de ribben, anderen lieten hem struikelen en allemaal lachten ze om hem.

De dierenverzorgers gooiden beenderen op de vloer van zijn kooi om hem op een wilde te laten lijken.

De menigte lachte om alles wat hij deed, zelfs als hij gewoon wat stond te drinken, alsof hij een hond was die een kunstje deed.

Het valt niet mee om dit allemaal te lezen. Ik bedoel niet dat er moeilijke woorden in staan of zo, maar gewoon omdat het zo triest is.

Ik kijk naar de afbeelding boven mijn bureau van Ota Benga die Polly de chimpansee vasthoudt. Hoe meer ik over hem lees, hoe zieliger hij lijkt.

Het enige leuke dat hem in de dierentuin overkwam, was misschien dat hij bevriend raakte met Polly en Dohong. Hij kende Polly al voordat hij naar de dierentuin kwam en hij probeerde zich over haar te ontfermen en haar te helpen wennen aan de vreemde, nieuwe plek. Dohong was een orang-oetang. Harvey zou dol zijn geweest op Dohong, want Harvey had altijd al een aap willen zijn en schreeuwend en grommend als een aap rond willen rennen. Orang-oetangs komen uit Azië, dus Ota Benga had er nog nooit een gezien. Ze hebben oranje bossen haar en hebben gigantisch lange armen om door de bomen te slingeren.

Dohong was de slimste aap die Ota ooit had gezien. Er was voor hem een trapeze in de kooi gezet om te spelen, zo een als in het circus. In het werkblad staat dat Dohong de houten rekstok van de trapeze af en toe tussen de tralies zette om zo de tussenruimten groter te maken.

Ota zag dat Dohong een ontsnapping aan het voorbereiden was en hielp hem door te proberen de tussenruimte groot genoeg te maken zodat Dohong zich erdoorheen kon wringen.

Zelfs toen Ota Benga voorgoed de dierentuin had verlaten, probeerde Dohong nog steeds de chimpansees zover te krijgen dat zij hem hielpen de tralies van zijn kooi open te buigen. Hij is er evenwel nooit in geslaagd te ontsnappen.

Dus nu weet ik al deze feiten over Ota Benga. Ik pak een

potlood en slijp die enkele keren. Woord voor woord, prent ik mezelf in. Denk niet aan twee pagina's, denk gewoon aan één woord.

Maar aan welk woord? Wat moet ik schrijven? Ze vertellen je dat je een werkstuk moet maken, maar ze vertellen daar niet bij wat je moet schrijven. In de B-klas wordt uitgelegd wat je moet doen.

Ik staar zo lang naar de lege pagina dat ik er slaap van begin te krijgen. Als ik ga slapen, komt het antwoord misschien in een droom. Als ik ga slapen, ga ik misschien slaapwandelen en maak ik het werkstuk en als ik dan wakker word is alles klaar.

Misschien niet. De enige dromen die ik ooit heb, gaan over achtervolgingen met auto's, ontploffingen en mensen die naar me roepen.

Waarover zou Ota Benga dromen? Over ontsnappen. Afrika. Chimpansees. Mensen die hem uitlachen aan de andere kant van de tralies.

Dat is het! Ik zou het over Ota Benga's dromen kunnen hebben. Ik zou daarover kunnen schrijven. Volgens meneer Blaylock mochten we overal over schrijven, zolang het maar te maken had met Ota. Ota Benga's dromen. Wat vind je daarvan?

Of is dat stom? Ik weet dat nooit, of iemand moet tegen me zeggen dat het stom is.

Waar zou hij over dromen? Dromen zijn als geheimen. Ieders geheimen zijn anders. Hoe kom ik achter zijn dromen?

20

De laatste bel is twintig minuten geleden gegaan en alle andere kinderen moeten naar huis. Maar ik moet blijven voor een bijles van meneer B.

Behalve ik zijn er nog twee andere kinderen die blijven voor een extra les. Dat is Billy, een slimme jongen die nog steeds Engelse les krijgt omdat hij uit Korea komt. En Jackie Williams. Ik weet niet waarom zij blijft, ze weet alles al.

'Wat gaan we nu doen?' vraagt ze aan meneer Blaylock.

'Nou ja, we gaan volgende week pas verder met hoofdstuk acht.'

'Dat weet ik, maar misschien kan ik er nu al aan beginnen en proberen het zelf uit te vissen.

Hij glimlacht naar haar. 'Je loopt al zo'n stuk op de klas voor. Heb je die extra opdrachten al gemaakt die ik heb gegeven?'

Ik snap haar echt niet. Ik bedoel, naar school gaan is net zoiets als naar de tandarts gaan. Je weet dat ze iets bij je vinden en je weet dat het pijn gaat doen. Dus je wilt er zo snel mogelijk weg. Maar hier is Jackie. Ze zit in de tandartsstoel en vraagt om meer.

Als meneer B. naar mijn bank komt, helpt hij me met het

weer. Je zou denken dat het weer niet moeilijk is. Het regent of de zon schijnt, wat is er nog meer?

Een heleboel. Er is een heleboel te vertellen over waarom het regent, waar het regent, wanneer het regent. Ik luister totdat mijn hersenen helemaal verzadigd zijn.

'Regent het in Afrika?' vraag ik.

Meneer B. gaat op de bank voor me zitten en ik hoor die onder hem kraken.

'Natuurlijk,' zegt hij. 'Maar er zijn hele woestijngebieden waar het wel een jaar lang niet regent.'

'En hoe zit het met het gebied waar Ota Benga vandaan kwam?'

Meneer Blaylock staat op en trekt de grote wereldkaart omlaag die boven het bord hangt. 'Ota leefde in het bos, in de Congo. Het is daar niet zo droog als in de bovenste helft van Afrika.'

'Dus hij was net als Tarzan en slingerde door de bomen?'

'Dat ook weer niet,' zegt meneer B. glimlachend. 'Hij bleef meestal op de grond. Ota was een groot jager. Met zijn lans, dat is een soort speer, en zijn pijl en boog jaagde hij op olifanten.'

'Maar hij was zo klein en olifanten zijn zo groot.'

'Nou ja, hij deed erg zijn best en soms volgde hij wel dagenlang een olifant. Dan bracht hij van die kleine steekwonden toe en bleef het dier achtervolgen tot het doodgebloed was. De olifant was heel belangrijk voor Ota Benga. Zijn volk noemde het dier in liedjes "Vader Olifant". Toen Ota Benga naar de dierentuin was overgebracht, was hij dan ook verbaasd daar een kleine kudde olifanten aan te treffen.'

'Is Ota ooit terug naar de Congo gegaan?'

'Een groep Afro-Amerikaanse dominees van kerken in New York dwongen de dierentuin Ota te laten gaan.'

Ik kon wel juichen. Nu was Ota vrij en kon hij weer naar Afrika.

'Daarna ging hij een tijdje in Amerika naar school en werkte hij in een tabaksfabriek. Hij had vaak last van heimwee en hij stierf nog voordat hij terug naar Afrika kon gaan.'

Dat is niet goed. Dat is niet de manier waarop een verhaal moet eindigen. Hij moet weer naar huis gaan, naar de warme zon en het bos en naar al die wilde dieren waar hij zo van hield. Hij kan niet zomaar doodgaan.

'Dat is een naar einde,' zeg ik tegen meneer B.

Hij knikt. 'Ja, dat is zo. Maar er is een verhaal uit de tijd van de slavernij. Een priester vroeg ooit aan een stervende slaaf waar hij dacht dat hij na zijn dood naartoe zou gaan. En de slaaf antwoordde dat hij terug naar Afrika zou gaan. Dat was zijn hemel. En misschien is de geest van Ota Benga daar ook wel heengegaan. Dat zou ik een prettig idee vinden.'

Meneer Blaylock staat op en gaat naar Billy die problemen heeft met interpunctie.

Ik draai de pagina's met notities over stormen en orkanen in mijn werkschrift om tot ik aankom bij de pagina waar ik met grote letters en onderstreept 'De dromen van Ota Benga' heb staan en verder niets. Het is nog helemaal leeg. Ik heb zelfs nog geen openingszin.

Ik heb een geweldig idee, maar ik weet niet wat ik ermee aan moet. Hoe kan ik erachter komen wat hij droomde?

Als meneer B. Billy geholpen heeft en bij Jackie gaat kijken, steek ik mijn hand op.

'Uh. Over het onderwerp van het werkstuk heeft u toch gezegd dat we alles konden schrijven zolang het maar met Ota Benga te maken had?'

'Dat klopt. Dus hoe ga jij het doen?' vraagt hij.

'Ik dacht eraan om misschien zijn dromen als onderwerp te nemen.'

Ik wacht totdat hij met zijn hoofd gaat schudden of tegen me zegt dat ik een sukkel ben. Hij wrijft zijn handen om het krijt eraf te vegen.

'Interessant,' zegt hij uiteindelijk.

Interessant klinkt een stuk beter dan *stom.*

Ik schraap mijn keel. 'Ik wilde u vragen hoe je daarachter komt. Het staat niet in de werkbladen.'

Meneer Blaylock glimlacht, ik weet niet waarom. 'Nee, het staat nergens geschreven.'

O. Geweldig. 'Dan kan ik dat onderwerp zeker niet nemen?'

Hij wrijft over zijn kin alsof hij nadenkt. 'Natuurlijk wel. Omdat hij dood is, zullen we nooit achter de hele waarheid kunnen komen. Maar als je over hem leest, en over de Congo en de dierentuin, dan kun je je volgens mij een goed beeld vormen hoe het geweest moet zijn. Als je vast komt te zitten, stel je jezelf gewoon in zijn plaats voor. Hoe zou het zijn als ze jou meenamen en in een dierentuin stopten, duizenden kilometers van huis.? En vergeet niet dat voor hem de mensen die naar hem kwamen kijken toen hij in zijn kooi zat, er even vreemd uitzagen als hij voor hen.'

'Dus ik moet het verzinnen?' vraag ik. Op school heb je iets goed of fout. Je eigen antwoord verzinnen is alsof je een misdaad begaat.

Meneer Blaylock glimlacht weer. 'Gebruik je fantasie. Vraag jezelf af hoe het zou zijn. Dat verschilt waarschijnlijk niet veel van hoe Ota zich voelde.'

Ik in de dierentuin. Ik staar naar de lege ruimte onder 'De dromen van Ota Benga'.

21

Terwijl ik te midden van een heleboel papieren en opengeslagen boeken met afbeeldingen van chimpansees en orangoetangs en foto's van de Congo aan mijn bureau op mijn kamer zit, krijg ik een ingeving. Ik denk aan tanden. Scherpe, puntige tanden. Ota Benga's tanden.

Mensen betaalden hem opdat hij zijn tanden zou laten zien. Ze lachten en namen foto's. In hun ogen moet hij eruit hebben gezien als een soort vampier. Maar in zijn stam had iedereen zijn tanden zo. De pygmeeën vonden dat mooi. Oto's lach shockeerde iedereen in de dierentuin. Maar thuis in de Congo was zijn glimlach heel gewoon.

Ota zal wel gedacht hebben dat wij er stom uitzagen met onze grote, vierkante tanden. Misschien kwamen ze op hem net zo angstaanjagend over als zijn puntige tanden op ons.

Ik pak mijn pen en teken een paar ronde, glimlachende gezichten. Ik probeer de glimlachen breder te maken zodat de tanden het grootste deel van het gezicht in beslag nemen en de donkere ogen klein en gemeen overkomen.

Als Ota Benga 's nachts droomde als hij in zijn hangmat in het apenverblijf lag te slapen, had hij volgens mij een heleboel nachtmerries. Ik bedoel, met al die mensen die hem de hele dag uitlachten, hem porden, achternazaten en lieten struikelen. Volgens mij kwamen alle vervelende dingen van de dag waarschijnlijk 's nachts in zijn dromen terug.

Ik tekende nog wat glimlachende gezichten met grote, vierkante tanden. De ogen zijn klein en donker als die van een vleermuis. En ik maak de lijven heel lang, want de Amerikanen moeten voor hem heel groot hebben geleken. Ik pak mijn liniaal en zet er op de achtergrond wat wolkenkrabbers bij.

Het begint echt op een nachtmerrie te lijken. Ik hoef het alleen nog maar wat meer in te kleuren.

Maar hierna moet ik naast de tekening twee hele pagina's met woorden schrijven. Dat is het moeilijke deel. Twee pagina's lezen valt wel mee, dat lukt me wel. Maar woorden samenvoegen tot keurige zinnen met komma's en punten en zo is moeilijk. Ik moet denken aan wat juffrouw Wisswell over die dikke boeken in de bibliotheek heeft gezegd, hoe iemand ze geschreven heeft woord voor woord, net zoals ik nu woord voor woord moet schrijven. Het is niet onmogelijk, maar het zal een heel karwei zijn.

Als ik even pauzeer, kijk ik naar de afbeeldingen van Ota Benga aan de muur boven mijn bureau. Daar staat hij, in een zonnige wei en hij heeft Polly de chimpansee vast. Dat was wel honderd jaar geleden.

Het is net als herhalingen van oude programma's op de televisie waar iedereen die in de echte wereld oud is er nog steeds jong uitziet. Ook al is Ota nu dood, op de foto met

Polly lijkt hij nog steeds te leven. Hij staat heel ver van me af, zowel in kilometers als in jaren, maar ik denk dat ik zijn verdriet bijna kan voelen zoals hij daar staat te wachten tot de foto genomen is.

22

Mijn pa steekt de barbecue aan en gooit er een paar biefstukken op. De meeste mensen barbecuen alleen in de
zomer, maar mijn pa houdt van de rooksmaak die het aan
het vlees geeft. Dus zelfs in januari, als buiten alles bedekt is
met sneeuw, staat hij daarbuiten in zijn winterjas hambur-
gers om te draaien.

Het is nu nog maar oktober en je kunt nog steeds met
alleen een trui aan naar buiten. Mij zegt de kou niet zoveel.
Ik bedoel, kijk mij nu, ik sta gewoon een ijslolly te eten en
kijk hoe mijn pa biefstukken aan het bakken is.

'Hoe wil je die van jou?' vraagt mijn pa me. Het is een
oude grap, want hij bakt ze maar op één manier.

'Doorbakken,' zeg ik tegen hem.

'Zo mag ik het horen,' zegt hij.

'Todd,' roept mijn ma bij de achterdeur. 'Ik ben groente-
sap aan het maken. Wil je ook wat?'

'Nee,' zeg ik. 'Ik drink dat niet meer.'

'Echt?' zegt ze. 'En ik dacht nog wel dat je zei dat het goed
voor je hersenen was.'

'Ja. Maar ik heb al een heleboel van dat spul gedronken
en een heleboel bananen gegeten en ik ben er niet slimmer
van geworden.'

'Goed, maar het is heerlijk,' zegt ze en doet de deur dicht.

Heerlijk als je een kikker bent misschien. Ik had moeten weten dat vijversap niet zou werken. Ik bedoel, kikkers eten dat spul de hele dag en wanneer heeft een kikker voor het laatst iets uitgevonden?

Ik weet al wat meneer B. me zou vertellen, net als toen ik hem vroeg of er een makkelijke manier was om staartdelingen te leren.

'Er zijn geen makkelijke manieren,' zei hij. 'Het enige wat werkt is goed je best doen.'

Ik neem een hap van mijn ijslolly. Mijn tanden doen pijn van de kou.

Een koele herfstwind brengt de bladeren in beweging. Ik sta dicht bij de barbecue om warm te blijven, maar nu smelt mijn ijslolly snel. Ik staar in het vuur en de knetterende kooltjes en vraag me af hoe Ota Benga die olifanten zou bakken die zijn stam had geschoten – je had daarvoor wel een grote barbecue nodig – als mijn pa schreeuwt:

'Kijk uit!'

Ik schrik zo dat ik mijn ijslolly laat vallen en met mijn hand een afwerend gebaar maak alsof iemand me wil slaan. Mijn pa slaat een paar keer op mijn linkerarm en ik knijp mijn ogen stevig dicht, net als wanneer Zero me een stomp geeft.

'Alles oké?' vraagt mijn pa.

Ik doe een oog open en knik.

'Ga niet zo dicht bij het vuur staan. Er is as op je gevlogen.'

Ik kijk omlaag op mijn arm en zie een brandgaatje in mijn trui. Ik trek de mouw omhoog, maar de as is niet tot op mijn huid gekomen.

'Wat is er aan de hand?' vraagt mijn pa. 'Je doet net of ik je wil slaan of zo.'

Ik kijk naar mijn ijslolly die roerloos in het gras ligt.

'Het komt gewoon door al dat gegil en geschreeuw,' zeg ik. 'Iedereen gilt altijd naar me.'

'Je hoeft niet bang te zijn,' zegt hij. 'Ik ben met een harde stem geboren. Net als mijn vader. Net als Christie. Ze is net als ik, ze is niet uitgerust met een volumeknop. Je moet een dikkere huid zien te krijgen zodat je er niet zoveel last van hebt. Zoals een gordeldier. Je weet wel, die beesten die net zo groot zijn als een voetbal en die op kleine tanks lijken. Ze hebben een huid als een pantser. Niemand doet hen wat.'

Ik lik een druppel ijslolly van mijn arm. Af en toe vertelt mijn pa me van die dingen waar ik niets aan heb. Ik bedoel, wat zou ik moeten doen. Rondlopen met een helm op net als een gordeldier zodat niemand me iets kan doen? Ik zal nooit een huid als een tank krijgen.

En ik zal ook nooit wennen aan al dat geschreeuw. Misschien moet ik maar terug naar de B-klas. Daar schreeuwt nooit iemand.

23

OTA BENGA's DROMEN
Door Todd Foster
Klas vijf

In het begin dacht ik dat Ota Benga over zijn leven in
Afrika droomde. Dat hij misschien zou dromen over een
olifantenjacht, of dat hij in de rivier zwom tussen de nijl-
paarden, of gewoon onder de warme, Afrikaanse zon
rende.

En misschien droomde hij daar ook wel over, over die
goede oude tijd en zijn favoriete plekken.

Maar ik denk dat als je zo ver van huis bent op een
vreemde plek als de Bronx Zoo, waar alles veel te groot
en luidruchtig is, en waar iedereen te groot en gemeen
is en je altijd lastigvalt, uitlacht en je achternazit, ik denk
dat je dan nachtmerries krijgt.

Waar Ota Benga vandaan kwam, waren de mensen
klein en hadden puntige tanden. In New York was iedereen lang en had iedereen grote, vierkante tanden.

Hij moet nachtmerries hebben gehad omdat hij zo
aangestaard en uitgelachen werd door die vreemd uit-

ziende menigten, die hem altijd bekeken als hij in zijn kooi zat. Zijn herinneringen aan de Congo moeten ook dromen hebben geleken.

Ik hoop dat hij tussen de slechte ook een paar goede dromen heeft gehad. Maar een nachtmerrie was het enige wat ik kon bedenken.

24

Dinsdagmorgen. Geschiedenisles.

Meneer Blaylock doet zijn aktetas open en haalt er een stapel papier uit.

'Ik heb hier jullie werkstukken terug,' zegt hij.

Ik voel een rilling en het is net of er een spin over mijn rug loopt. Dat is het. Mijn onmogelijke opdracht.

Meneer B. houdt een pagina omhoog om deze aan de klas te laten zien.

Het is een tekening.

Het is mijn tekening, degene die ik gemaakt heb van Ota Benga's nachtmerrie.

O nee. Dat is het. Hij gaat me nu zeker terugzetten naar de kleuterklas.

'Dit is verbazingwekkend,' zegt meneer Blaylock. 'Dit is een tekening van wat Ota Benga misschien gedroomd heeft in zijn hangmat in het apenverblijf. Het is geen prettige droom over zijn Afrikaanse vaderland. Het is een nachtmerrie met allemaal stukjes van zijn leven in de nieuwe wereld waarin hij is terechtgekomen en die Amerika heet. In de nieuwe wereld was iedereen erg lang. Hij werd gepord en achternagezeten en uitgelachen.'

Meneer Blaylock wijst naar dingen in de tekening. 'Zien jullie deze gezichten met hun grote, angstaanjagende glimlach? Zo moet Ota Benga de menigten hebben gezien die hem door de tralies van zijn kooi aankeken. Kijk eens naar de kleine, zwarte ogen in die gezichten. En ze hebben grote, witte tanden en niet zoals zijn eigen mensen in de Congo tanden met scherpe punten. Schitterend. 'Todd Foster,' zegt hij. 'Hier is je werkstuk terug.'

Ik hou al ruim een minuut mijn adem in, al vanaf het moment dat hij mijn tekening omhoogstak. Uiteindelijk blaas ik uit en loop naar zijn bureau met benen die wel van gelei lijken. Ik haal mijn plek weer zonder te vallen en plof in mijn stoel.

In de rechterbovenhoek van mijn werkstuk staat een met rode viltstift getekende cirkel.

In de cirkel staat 'zeer goed'.

Dat kan niet!

Maar boven aan het vel staat mijn naam.

Meneer Blaylock noemt de namen op en iedereen gaat zijn werkstuk halen. Jackie Williams gaat aan haar bank zitten. Ik gluur op haar papier. 'Bijna uitmuntend'. Wauw. Het scheelde niet veel of ik was net zo goed als zij geweest.

Ik krijg een vreemd gevoel, ik weet niet hoe dat komt. Ik kan niet uitleggen hoe het komt, behalve dat het heel anders is dan uitgelachen worden. Het is een nieuwe ervaring. Mijn echte naam werd vandaag hardop in de klas genoemd. Geen Gump of Achterlijke. Het klinkt stom, maar het is net alsof ik geen echte naam had totdat meneer Blaylock die net zei. Todd Foster.

Als dit mijn oude klas was, dan zat Eva nu naast me. Dan zou ze me om mijn werkstuk vragen zodat zij het kon zien. Dan zou ze met haar vinger de contouren van 'zeer goed' volgen en eraan ruiken. De viltstiften die zij gebruikt ruiken allemaal naar fruit. Eva zou blij voor me zijn en mijn hand vasthouden.

De rest van de dag is wazig. Meneer B. heeft het over iets wat de evenaar wordt genoemd en die rond de wereld zit als een soort riem. Daar moet ik me later nog maar eens in verdiepen, want het enige waaraan ik nu kan denken is: 'zeer goed, zeer goed, zeer goed, zeer goed, zeer goed'.

Als de laatste bel is gegaan, zijn alleen ik en Billy nog overgebleven voor de bijles. Als meneer B. naar me toe komt, moet ik het hem vragen. 'Klopt dit wel? Ik heb nog nooit "zeer goed" gehad.'

'Nu, en het zal ook zeker je laatste niet zijn,' zegt hij. 'Je spelling en zinsbouw zijn echt vooruitgegaan. Maar waarvan ik het meest onder de indruk was, was je fantasie.'

Ik ga met de gum van mijn potlood langs mijn neus. 'Aan dingen verzinnen heb ik nooit iets gehad.'

Meneer B. gaat op de bank voor me zitten die kraakt onder zijn gewicht.

'Heb je wel eens gehoord van Albert Einstein?' vraagt hij.

Ik tik met mijn potlood tegen mijn voorhoofd alsof ik erop klop in de hoop een antwoord te krijgen. 'Deed hij mee aan de Burgeroorlog?'

Hij glimlacht. 'Nee. Hij was een bekende wetenschapper in de vorige eeuw, een van de slimste mannen die ooit heeft

107

geleefd. Hij heeft eens gezegd: "Verbeeldingskracht is belangrijker dan kennis".'

Hij wacht even, waarschijnlijk zodat ik het even kan laten bezinken.

Dan vervolgt hij: 'Dat betekent niet dat je niet hoeft te leren en dingen kennen als delingen en Celsius, lengte- en breedtegraad. Het betekent wel dat je ideeën belangrijk zijn. Er is nooit iets uitgevonden zonder dat iemand er eerst over gefantaseerd heeft.'

Meneer B. staat op en zegt: 'Zo, en hebben we het vandaag nog ergens over gehad dat je niet begrepen hebt?'

Later ga ik hem nog eens vragen wat die Einstein nu precies heeft gezegd, zodat ik het kan opschrijven.

Maar nu wil ik iets anders weten.

'Ja,' zeg ik. 'Wat is een evenaar?'

25

Als ik thuiskom is mijn moeder zo opgewonden door mijn goede cijfer dat ze mijn werkstuk wil inlijsten en aan de muur hangen.

'Nogal stuitend,' zegt Christie als ze mijn tekening van Ota's nachtmerrie ziet. Volgens mij wil ze daarmee zeggen dat ze het mooi vindt.

Mijn pa zegt: 'Ik wist wel dat je het kon, pluizenbol.' Hij noemt me zo omdat mijn haar nog nooit zo lang geweest is als nu. Ik zie er nu niet meer uit alsof ik in het leger zit.

Op mijn kamer hou ik het vel papier tegen mijn neus en ruik aan 'zeer goed'. Als het erop geschreven was met een van Eva's rode viltstiften had het naar aardbei geroken. Dit ruikt gewoon naar papier.

Het is vreemd om mijn werkstuk aan iedereen te laten zien. Meestal probeer ik het te verstoppen als ik thuiskom. Het maakt het echt, niet alsof er een fout of zo is gemaakt.

Maar als ik het aan Eva kon laten zien, dan was het pas echt echt, want zij weet hoe moeilijk het is om in de vijfde klas een goed cijfer te halen. En ik moet haar nog zoveel vertellen, over Ota en meneer B. en mijn nieuwe kapsel. Ik heb haar zelfs nog niet kunnen vertellen wat er met Psycho gebeurd is.

Ik ga naar de keuken en staar naar de telefoon aan de muur. Waarom belt Eva nu niet? Als de telefoon gaat, dan zal ik opnemen. Dan kunnen we praten en zal ik niet ophangen en zal ik niet tegen haar schreeuwen of zo. Ik probeer de telefoon te laten rinkelen door me te concentreren. Dan controleer ik of de telefoon het nog wel doet.

Dat is het geval. Maar ik geloof niet dat Eva nog zal bellen, niet nadat ik heb opgehangen en gezegd heb dat ik niet op haar feestje kom, en me gedragen heb als een gigantische stommeling.

Zij is degene met wie ik echt wil praten. Maar ze is de enige met wie ik niet kan praten.

Is dat even stom!

26

Als aan het einde van de schooldag de bel gaat, vliegt iedereen naar de deur. Aan de manier waarop iedereen wegrent, zou je denken dat er brand is.

Maar het is vrijdag.

En ik heb een plan. Ik heb het verzonnen tijdens het ontbijt tussen de *Froot Loops*, het sinaasappelsap en Christie die aan mijn oren trok door. Het is als volgt:

De andere kinderen weten op vrijdag niet hoe snel ze weg moeten komen. Maar ik ken iemand die er een eeuwigheid over doet om al haar spullen te pakken voordat ze weggaat. Eva neemt meer met zich mee dan een bergbeklimmer. Dus als ik nu wacht totdat er niemand in de gang is en dan stiekem naar de B-klas ga, dan moet het lukken om haar te zien, denk ik. Want, zo dacht ik, wie kan het weten dat ik met Eva omga buiten de school? Of als ik naar haar feestje ga? Ik bedoel, het is niet zo dat andere kinderen uit mijn klas daar ook zullen zijn. Het zou een groot geheim kunnen blijven.

Ik neem er alle tijd voor om mijn spullen te pakken. Op vrijdag geeft meneer B. geen bijles.

'Schiet *Charlotte's Web* al een beetje op?' vraagt hij.

Iedereen was vorige week al klaar met lezen, maar ik mag er van hem langer over doen.

'Ik heb het bijna uit.' Ik hou mijn duim en wijsvinger iets van elkaar om hem te laten zien dat ik nog bijna tien pagina's moet lezen. 'Loopt het goed af?'

'Nou ja, goed en slecht,' zegt hij en doet zijn spullen in zijn aktetas. 'Als je het maandag uit hebt, zullen we onze bevindingen wel eens vergelijken.'

Bevindingen over een boek met meneer B. vergelijken, hoe bestaat het. Dat is iets voor slimme mensen, praten over boeken en zo.

Ik zeg gedag en loop de gang in. Er zijn nog maar een paar kinderen en de meesten van hen zijn aan het weggaan. Nadat ik op mijn gemak aan het fonteintje heb staan drinken en me ervan overtuigd heb dat de kust veilig is, ga ik de hoek om.

Dan blijf ik doodstil staan.

Zero en een van zijn vrienden staan bij het lokaal van de B-klas en kijken door het raam van de deur. Zero tikt tegen het glas alsof het een aquarium is en hij de vissen probeert bang te maken.

Ik sta als versteend. Mijn hele plan valt in duigen. Ik wilde Eva in het geheim ontmoeten. Wat nu?

Ik zou gewoon weg kunnen gaan, maar ik moet langs die twee om bij de trap te komen.

'Dat is die gek die altijd alles loopt te kussen,' zegt Zero terwijl hij door het raam gluurt. 'Moet je nou eens zien. Hij zwaait naar ons.'

Hij heeft het over Harvey, die er nog niet achter is dat niet iedereen zijn vriend is.

Ze staan nu met hun rug naar me toe en het is misschien nog een meter of vijf tot de trap. Ik zou al weg kunnen zijn voordat ze erg in me hadden.

Maar ik wilde eigenlijk nog van alles aan Eva vertellen. Het zweet loopt over mijn gezicht en tegelijkertijd lopen de rillingen over mijn rug.

'Kijk eens naar zijn vriendinnetje. Wat moet ze met zo'n bril? Denkt ze soms dat ze een fotomodel is of zo?'

Mijn hart bonst zo hard dat ik het gevoel heb dat het eruit springt. Dit was niet de bedoeling, maar ik kan Eva toch niet bij deze twee achterlaten?

Ik kwam om haar te zien. En wat maakt het uit wie dat allemaal nog meer weten?

Dus ik haal diep adem en loop vlug door.

'Ga eens opzij,' zeg ik, terwijl ik langs hen heen glip en de deur opendoe. Voordat ze me een mep kunnen geven, ga ik naar binnen. Ik sla de deur dicht en schrik van de klap die het geeft.

Even later kan ik weer ademhalen.

'Hé, daar is is Todd,' roept Harvey en komt op me afrennen.

Samen met Eva is hij verfkwasten en potten aan het schoonmaken. Ik ga naar de gootsteen. Harv komt naar me toe en ik weet dat hij zal proberen me een kus te geven.

'Geen sprake van, Harv,' zeg ik. 'Als je toch iets moet kussen, pak je maar een boek.'

Ik pak mijn natuurkundeboek en hij geeft er een smakkerd op. Ik heb geen idee waarom hij dat altijd moet doen.

Volgens juffrouw Wisswell is het zijn manier om handen te schudden en vrienden met iedereen te worden. Niemand wil Harveys bacteriën, maar soms laten ze toe dat hij een kus op hun arm of zo geeft.

Harvey krabt aan zijn kin en smeert die helemaal onder met de paarse verf die aan zijn hand zit. 'Juffrouw Wisswell moest haar trui uitspoelen omdat een van de verftubes op haar uiteengespat is.'

'Hij is alleen uit elkaar gespat omdat jij er zo hard in hebt geknepen,' zegt Eva. Ze staat bij de gootsteen de kwasten uit te wassen.

Het is vreemd om hier terug te zijn. De muren zijn bedekt met kunst en ik ontdek nog een schilderij dat ik vorig jaar van de hagedis van de klas heb gemaakt. Het hangt recht boven zijn terrarium. Ik laat hem een grote zwarte krekel eten. Dat is zijn lievelingshapje. Het is vreemd om mijn oude bank te zien met de spullen van een ander erop.

En het is ook vreemd dat Eva nog niet eens hallo tegen me heeft gezegd. Ze staat met haar rug naar ons toe en gebruikt een spons om een fles schoon te vegen.

Ik hoor iemand aan de andere kant van de deur roepen. 'Gump!' Maar ik neem niet eens de moeite om te kijken.

'Zo, Eva. Wat ben je aan het doen?' Het is een domme vraag, maar ze wil zelfs niet eens naar me kijken, dus ik weet niet wat ik anders moet zeggen.

'Aan het afwassen.'

'Heb je hulp nodig?' vraag ik.

'Daarom is Harvey hier.'

Ik kijk naar Harv die aan het proberen is verf terug in een tube te persen. En dat gaat niet, tenzij je over bepaalde superkrachten beschikt.

'Ik denk niet dat je veel aan Harvey hebt,' zeg ik.

'Ik ook niet.' Eva zet een schone fles terug op de plank. 'Maar hij schreeuwt tenminste niet tegen me.'

'Dat weet ik. Het spijt me. Het kwam gewoon... eh...' Ik wilde haar vertellen waarom ik dat had moeten doen, wat de redenen daarvan waren. Maar als ik erover nadenk, zijn dat helemaal geen goede redenen. Er is eigenlijk geen goede reden om tegen Eva te schreeuwen.

'Mag ik nog steeds op je feestje komen?' vraag ik.

Als ze zich omdraait, zie ik dat ze haar bril met blauwe glazen op heeft, de bril waardoor je alles ziet alsof je onder water zit.

Ze probeert ernstig naar me te blijven kijken, alsof ze boos is, maar al snel breekt er een glimlach door.

'Ja, ik denk het wel,' zegt ze. 'Maar ik wil twee cadeautjes omdat je me niet hebt gebeld.'

Ik hoor de deur achter me opengaan en automatisch schrik ik. Zero en zijn vrienden komen binnen. Ik draai me vliegensvlug om.

Maar de enige die ik zie is juffrouw Wisswell die de klas binnenkomt.

'Hallo Todd,' zegt ze. 'Kom je nog eens kijken?'

Ik knik. Juffrouw Wisswell is altijd al mijn lievelingsleerkracht geweest. Meneer B. komt op de tweede plaats, maar alleen omdat hij niet zo vaak lacht. Juffrouw Wisswell heeft een ongedwongen glimlach.

'Zo, Harvey, ben je aan het opruimen of ben je er nog een grotere rommel van aan het maken?' vraagt ze hem.

Harvey moet daar even over nadenken. 'Ik weet het niet. Allebei denk ik,' zegt hij ten slotte.

Ze haalt een tissue onder de kraan door en geeft die aan hem. 'Het wordt al laat. Volgens mij staan jullie moeders waarschijnlijk al buiten te wachten. Bedankt voor het helpen opruimen.'

Eva pakt enkele boeken van haar bank, maar ze moet eerst door een stapel rommel heen om erbij te kunnen. Ze verzamelt van alles. Je zou haar kamer eens moeten zien. Het lijkt of er een rommelfabriek is ontploft.

Juffrouw Wisswell helpt Harvey zijn rugzak aandoen. Hij kijkt naar Eva's spullen.

'Mag ik eens een bril van je opzetten?' vraagt Harv.

Ze heeft er twee in haar bank liggen en dan nog een op haar neus.

'Ik weet het niet,' zegt ze. 'Zijn je handen schoon?'

Hij steekt zijn handen omhoog alsof het een overval is.

'Waag het niet om mijn bril kapot te maken en maak de glazen niet smerig. En je mag hem ook niet mee naar huis nemen.'

'Ja. Ja. Mag ik die paarse eens opzetten?' vraagt hij.

'Dat heet violet.' Eva kent haar kleuren.

Harv zet hem op. 'Wauw. Het is net druivensap.'

Voordat we de klas uit gaan, steek ik mijn hoofd naar buiten.

'Oké. Het is veilig.'

We gaan de trap af en dan naar buiten. Harvey kijkt om zich heen alsof hij alles voor het eerst ziet.

'Jullie zien er uit als paarse marsmannetjes,' zegt Harv. 'Hoe zie ik eruit?'

'Ik weet het niet,' zeg ik tegen hem. 'Als een orang-oetang?'

Hij vindt het zo prachtig dat hij begint de schreeuwen als een aap.

Ik schud mijn hoofd en kijk om me heen om er zeker van te zijn dat niemand ons ziet. Ik moet Harv eens vertellen van orang-oetang Dohong, de meester-ontsnapper. Hij zou dat prachtig vinden. En ik moet Eva vertellen over mijn 'heel goed' en over Ota Benga.

Als Ota nog geleefd had, dan denk ik dat hij met mij en Eva had kunnen optrekken. Dan kon Harvey ook komen. Dan kon hij Dohongs hand vasthouden.

27

Mijn pa brengt me naar het huis van Eva.

'Ik ga alleen even naar binnen om gedag te zeggen,' zegt mijn pa. 'Dan kun je me later bellen als ik je moet komen ophalen.'

Mijn pa houdt niet van feestjes tenzij er groen bier is zoals op St. Patrick's Day.

Eva's moeder doet de deur open.

'Hallo Todd,' zegt ze. 'Jou heb ik al heel lang niet gezien. Kom binnen. Het feest is achter buiten.'

We hebben amper een paar stappen binnen gezet of Harvey komt er al aan. 'Hé, Todd, er zijn drie soorten gebak,' vertelt hij me. En het lijkt alsof hij alle drie de soorten over zijn gezicht heeft gesmeerd. 'Wie is dat?' vraagt hij en kijkt naar mijn pa.

Ik vertel het hem en hij gaat naar hem toe en zegt: 'Hallo, pa van Todd.' Dan steekt Harv beide handen uit om de uitgestoken hand van mijn pa te schudden.

'Todd is er. Todd is er,' gilt Eva terwijl ze op me af komt rennen. Ze draagt een gebatikt T-shirt, zo'n T-shirt dat eruit ziet alsof een regenboog er net heeft op overgegeven. En ze heeft haar frambooskleurige bril op.

'Ik stond op je te wachten om de karaoke te beginnen,' zegt ze en geeft mijn pa en mij een paar van die papieren rolfluitjes die zich ontvouwen als je erop blaast en een snerpend geluid maken. 'Blijf even staan, we moeten foto's maken. Mam, waar is de camera?'

Eva rent weg om hem te gaan zoeken.

'Oké. Oké.' Eva komt terug naar ons toe gerend. 'Ik heb de camera. Ik wil een foto nemen van jullie, hm, aankomst. Dus ga bij de deur staan alsof jullie er net zijn.' Ze wijst waar we moeten gaan staan. 'Goed. En nu op het rolfluitje blazen.'

Ik ben gewend dat zij de leiding neemt en me vertelt wat ik moet doen, maar het is grappig om te zien dat ze dat ook bij mijn pa doet. Uiteindelijk slaagt ze erin ons allebei tegelijk op het fluitje te laten blazen en neemt daar een foto van met haar polaroidcamera

'Blijft u, meneer Foster?' vraagt Eva aan mijn pa. Voordat hij zelfs kan antwoorden, zegt ze: 'U moet wat gebak eten.'

'Ik weet het niet. Ik moet gaan en...' begint hij haar te vertellen, maar Eva lacht met haar hele gezicht en houdt hem aan zijn mouw vast alsof ze hem niet wil laten gaan totdat hij iets gegeten heeft. 'Natuurlijk blijf ik. Waar staat het gebak?'

Ik wapper met de polaroidfoto in de lucht totdat hij droog is. Daar staan mijn pa en ik bij de deur samen op een fluitje te blazen. Het is een goede foto want mijn pa lijkt echt op mijn pa, een beetje nukkig en hij is duidelijk te zien want hij wordt niet omgeven door sigarettenrook.

'Kom op,' zegt Eva. 'Het karaoke-apparaat staat al aan.'

Ze trekt me mee naar de achtertuin. Het is nog steeds niet koud buiten, dus het is lekker en het enige waaraan je kunt zien dat het geen zomer is, zijn alle oranje bladeren die door de wind van de bomen worden geblazen.

'Ik heb een heleboel nieuwe liedjes erbij,' zegt Eva tegen me.

Het karaoake-apparaat heeft luidsprekers en een klein tv-scherm waarop de woorden van het liedje verschijnen zodat je kunt meezingen. Ze laat me de lijst met liedjes zien die ze heeft.

'Wat vind je van deze?' vraag ik.

'Dat liedje over die hond? Dat hebben we al zo vaak gedaan.'

'Dat komt omdat het het leukste liedje is dat erbij zit,' zeg ik. 'En jij vindt het toch zo leuk om te blaffen?'

'Even instellen.' Eva raakt de juiste toetsen aan. 'Oké. Test. Test.' Ze probeert de microfoon uit. Het volume staat maximaal, zodat haar stem door de achtertuin dendert en ik durf te wedden dat er zelfs wat blaadjes door van de bomen vallen. Nu hebben we ieders aandacht.

'Oeps,' zegt ze en draait het geluid wat zachter. 'Ben je klaar?' vraagt ze.

'Klaar.'

Eva haalt iets uit haar zak. 'Je moet dit opzetten.'

Ze laat een bril zien met oranjekleurige glazen. Ik trek een gek gezicht, geloof ik, maar dan zegt ze: 'Je moet de bril opzetten. Het is mijn verjaardag.'

Ik neem de bril van haar aan en zet hem op.

'Gefeliciteerd,' zeg ik.

Eva straalt helemaal. Het is vreemd hoe blij dit haar maakt. Het is zelfs nog vreemder hoe blij dit mij maakt.

Ik was vergeten hoe vreemd alles er door oranje glazen uitziet. Het maakt niet uit hoe laat het is, als je door oranje glazen naar de lucht kijkt, ziet hij er altijd uit als bij een zonsondergang.

Ze zet het karaoke-apparaat aan. Er is maar één microfoon dus moeten we die delen. Er klinkt bekende muziek.

Het is een van onze lievelingsliedjes over de honden.

Ik en Eva beginnen te zingen en te blaffen. We klinken geweldig, zelfs als we de woorden fout hebben.